Dores, Amores e Pincéis

COLEÇÃO
αletheia α

Aletheia: palavra grega composta pelo prefixo
negativo *a* e pelo substantivo *léthe* (esquecimento).
É o não-esquecido e o não-oculto; é o desvelamento
e o visível aos olhos do corpo e ao olho do espírito.

BERTHA SOLARES

Dores, Amores e Pincéis

editora brasiliense

ISBN 8511-00073-9

© Copyright desta coleção: Editora Brasiliense S.A.

Coordenação editorial: *Célia Rogalski*
Design gráfico e capa: *Millennium Art & Design*
Preparação: *Luiz Ribeiro*
Revisão: *Beatriz de Cássia Mendes*
Foto da capa: *Bertha Solares*

Nenhuma parte desta publicação pode ser gravada, armazenada em sistemas eletrônicos, fotocopiada, reproduzida por meios mecânicos ou outros quaisquer sem autorização prévia da editora.

Esta é uma obra de ficção. De forma alguma representa qualquer pessoa real, viva ou morta, ou situação real. Qualquer semelhança com pessoas ou situações não passa de mera coincidência.

Primeira edição: Dezembro de 2002

Dados Internacionais de Catalogação na Publicação (CIP)
(Câmara Brasileira do Livro, SP, Brasil)

Solares, Bertha
Dores, amores e pincéis / Bertha Solares. --
São Paulo: Brasiliense, 2002 -- (Aletheia)

ISBN 85-11-00073-9

1. Ficção brasileira I. Título. II. Série

02-4235   CDD - 869.935

Índices para catálogo sistemático:
1. Ficção: Século 20: Literatura brasileira
   869.935
2. Século 20: Ficção: Literatura brasileira
   869.935

Todos os direitos reservados à

editora brasiliense s.a.
Rua Airi, 22 - Tatuapé - CEP 03310-010 - São Paulo - SP
Fone/Fax: (0xx11) 6198-1488
E-mail: brasilienseedit@uol.com.br
www.editorabrasiliense.com.br

livraria brasiliense
Rua Emília Marengo, 216 - Tatuapé - CEP 03336-000 - São Paulo - SP
Fone/Fax: (0xx11) 6675-0188

"C'est au Jardin du Luxembourg,

Et, le Temps du Luxembourg,

Que nous nous sommes reconnus,

Et, le Temps courant à rebours,

Nos vingt ans nous sont revenus, (...)

C'est au Jardin du Luxembourg,

au bruit léger d'une fontaine,

Qu'est venu grandir un amour,

Plus fort de semaine en semaine."

(Brigitte Level)

La Vie en Rose

"(...) Quand il [elle] *me prend dans ses bras*

Il [elle] *me parle tout bas*

Je vois la vie en rose

Il [elle] *me dit des mots d'amour*

Des mots de tous les jours

Et ça m'fait quelque chose

Il [elle] *est entré dans mon coeur*

Une part de bonheur

Dont je connais la cause

C'est toi pour moi, moi pour toi, dans la vie (...)"

(Piaf, Louiguy)

Aquela tarde de domingo em St-Denis, subúrbio de Paris, estava especialmente bonita. Era verão, agosto de 1976, e o dia estava bastante quente. Numa pequena casa de uma rua calma acontecia uma festa organizada por dois exilados brasileiros, Luiz e Ciça, em comemoração à chegada de Maria Leocádia, irmã de Luiz, que não a via desde que saíra do Brasil, mais de sete anos antes.

A casa estava cheia de amigos, a maioria exilados políticos brasileiros e sul-americanos, de países como Chile e Uruguai, além de vários franceses. Maria Leocádia – ou Léo, como era tratada na intimidade – conhecia apenas Rosa, uma amiga de sua irmã Lúcia, do tempo em que moravam em Belo Horizonte, quando o horizonte ainda se mostrava belo e o Brasil vivia seus anos dourados.

Na festa havia mais mulheres que homens. Eram todas amigas de Ciça e faziam parte do 'Comitê de Mulheres', grupo feminista organizado por ela na época em que se exilara no Chile. Léo sentia-se muito feliz – essa festa lembrava as que seu irmão organizava no Brasil. Era como se estivesse em casa. Estava gostando de tudo e de todos que conhecia, admirada principalmente com a beleza das mulheres francesas.

As francesas eram diferentes das latino-americanas, e uma em especial chamou sua atenção: chamava-se Virginie Leblanc e era professora da Universidade de Sorbonne. Léo ficou um pouco espantada ao saber que uma mulher tão jovem ocupava tal posição; imaginava que os professores daquela secular instituição fossem velhos e feios.

Virginie despertou sua atenção porque, além de jovem, sua beleza fugia do padrão das outras francesas presentes na festa. Tinha cabelos escuros e levemente ondulados, olhos grandes e negros, realçados por sobrancelhas bem delineadas, que emolduravam um rosto cuja pele era extremamente alva.

Léo, uma pintora com senso estético apurado, não cansava de admirá-la. Nela tudo era definido, os traços, os gestos, o modo de falar; era uma mulher forte, mas ao mesmo tempo, olhando com mais vagar, podia-se ver que guardava um ar e uma delicadeza de menina. Sentiu-se atraída por aqueles olhos de ônix, como se fossem imantados, mas ficou sem graça quando percebeu que ela também a olhava com curiosidade – e com tal intensidade que Léo resolveu sair do alcance daquele olhar e da perturbadora atração que estava sentindo.

Nem de longe Léo poderia imaginar que seus caminhos se cruzariam outras vezes e suas vidas fariam parte de um quadro cujo esboço começava a ser rascunhado.

A casa de St-Denis estava alegre: Luiz esquentava a festa com seus discos antigos, que Léo havia trazido do Brasil. Divertia-se colocando várias bossas novas e, principalmente, os velhos compactos simples de rock, com os quais animara os bailinhos de sábado e a sua juventude em Minas.

Ao ouvir aquelas músicas, era difícil para Léo não viajar no tempo e voltar para o casarão do bairro Santo Antônio, como se visse novamente o salão repleto de amigos de seus irmãos dançando ao som de Chubby Checker. Por ser apenas uma menina, sua avó a proibia de participar dos bailes, mas ela ficava vendo os irmãos se divertirem, escondida na escada, olhando pelas frestas do corrimão.

O tempo voltava – eram tempos de infância, eram tempos de Belo Horizonte. Ela, Maria Leocádia Neves Bonifácio de Assis Linhares, era a caçula de cinco irmãos, todos batizados com nomes compostos – Lívio César, Maria Laura, Maria Lúcia e Luiz Carlos –, legítimos representantes de uma rica e tradicional família mineira.

Na época de seu nascimento, viviam todos juntos no casarão construído por seu avô nas primeiras décadas do século XX. De estilo francês, foi erguido segundo os padrões da nova capital, em construção desde fins do século XIX para substituir a velha Ouro Preto. Belo Horizonte nasceu planejada por arquitetos que importaram as idéias do Barão de Haussmann, o mesmo que fizera surgir entre os anos de 1853 e 1870 a Paris burguesa e monumental que os turistas admiram nos dias atuais.

As memórias de infância voltavam e entristeciam Léo, mas a festa seguia alegre. Luiz dançava animado com Rosa um *twist*; sua alegria era tão grande que contagiou a todos, e em pouco tempo aquele quintal de St-Denis transformou-se numa pista de dança onde músicas de outros tempos se sucediam. Elvis Presley, Celi Campelo, Neil Sekada, Bill Halley e muitos outros. Corine, uma amiga francesa de Rosa, e a mais velha de todos, era a única que parecia conhecer todas as músicas e dançar todos os ritmos.

Léo, assistindo a tudo de longe, espantou-se quando percebeu que em questão de segundos aquele homem de 30 anos tornara-se novamente o rapaz alegre e falador de Belo Horizonte, que lhe dera de presente o velho patinete vermelho quando ela completara dez anos.

Aquelas lembranças fizeram-na sentir saudades de Lúcia. Faltava ela, sempre faltaria Lúcia. Ciça, reparando na tristeza de Léo, aproximou-se e deu-lhe um forte abraço, dizendo:

— Não chore, Léo, este não é um momento para tristezas. Estamos todos juntos agora, viva o momento.

— É difícil esquecer certas coisas, Ciça... Está faltando Lúcia para que essa felicidade seja completa. Eu sinto tanta falta dela...

— E quem pode garantir que ela não está aqui, conosco? Vou te contar um segredo: a cada dia que passa fico menos cética, existem coisas a que nenhuma ideologia responde... Mas vamos deixar pra lá esses assuntos e nos divertir.

Nesse instante Rosa aproximou-se das duas:

— Sobre o que vocês estão falando?

— Eu tentava fazer Léo entender que os maus tempos passaram; Luiz está tão contente por ela estar perto de nós e, se não parar de chorar, vai estragar a festa.

— Isso mesmo, Léo, todos nós estamos felizes com a sua presença. Você cresceu, menina! Transformou-se numa linda mulher, não se parece em nada com aquela adolescente que trazia os cabelos presos num rabo-de-cavalo e que às vezes eu encontrava nos bares do Edifício Malleta. Lembra daqueles tempos?

— Claro, é impossível esquecer aquela época... Sabe, acho que foi lá que a vi pela última vez, você estava de partida, viria fazer uma especialização aqui.

— Isso mesmo, eu já era formada e trabalhava com meu tio numa clínica veterinária. Pensava em cuidar de cavalos e vim à França para me especializar. Acabei ficando e, ao contrário da maioria desses brasileiros da festa, não pretendo mais voltar para o Brasil – tenho minha clínica veterinária e tudo o que amo está aqui.

— Fico contente por você. Também pretendo começar uma nova vida, quem sabe eu não me apaixono pela França, como você, e fico de vez.

— Tenho certeza de que você vai gostar daqui.

— Léo, sua vida agora vai mudar – disse Ciça. – Agora estamos todos juntos... Não sei se você sabe, mas Rosa e Corine foram nossa salvação. Quando chegamos não tínhamos para onde ir. Elas nos hospedaram e nos ajudaram com os papéis de asilo. Se não fosse por elas não sei o que seria... estávamos muito fragilizados naquela época.

— Deixe disso, Ciça, não fiz mais que minha obrigação. Luiz é como um irmão para mim – crescemos juntos – e, além disso, os amigos são para essas horas.

— Ela fala assim, Léo, porque é uma pessoa generosa. Elas não só nos ajudaram como nos acolheram em seu apartamento, onde ficamos morando por meses até que conseguíssemos nos estabelecer. Elas nos sustentaram... o que fizeram por nós nunca vou esquecer, passe o tempo que passar, essa dívida é eterna.

Ciça abraçou Rosa, e Léo ficou pensando que, de todas as amigas de sua irmã Lúcia, era ela de quem mais gostava. Sempre fora gentil. Rosa e Lúcia foram amigas inseparáveis, estudaram juntas desde a infância, e a família dela era amiga de sua avó. A última vez que vira Rosa fora também a última que vira Lúcia, porque depois daquele fatídico fim de ano sua irmã mudou-se para São Paulo e Léo nunca mais a viu com vida. As tristezas pareciam querer voltar, mas foram afugentadas pela voz de Ciça, que chamava a atenção de todos para uma notícia:

— Amigos e amigas, gostaria de propor um brinde a Léo, que chegou do Brasil para alegrar a nossa vida, e a uma vida que está chegando para nos alegrar ainda mais. Estou grávida, eu e Luiz vamos ter um filho e essa é a maior prova, companheiros, de que a vida renasce e não podemos nos deixar abater, nem perder a esperança de dias melhores, jamais! Saúde, liberdade e felicidade para todos nós!

Todos brindaram e foram abraçar Ciça e Luiz. Léo ficou radiante por saber que teria um sobrinho, ainda mais porque sabia o que aquele filho significava para seu irmão.

No meio de todas aquelas pessoas que se aproximaram, reparou mais uma vez na linda francesa de olhos negros, que também a olhava, e em seus olhos não pôde deixar de notar um certo interesse. Ficou pensando que havia muito tempo não se interessava tanto por uma mulher.

Nos últimos anos deixara de lado sua vida sentimental, mas agora Virginie a fazia lembrar de sentimentos e sensações que havia muito não experimentava. Ficou assustada ao perceber que a francesa fizera também seu corpo acordar, por isso afastou-se e foi conversar com Corine.

Corine era simpática e alegre. Tinha interesse por tudo o que fosse do Brasil e quis saber o nome da cantora cujo disco Luiz havia colocado na vitrola. Léo contou que era Gal Costa, e que a música que estavam ouvindo chamava-se "Baby". Tanto ela quis saber, que Léo acabou contando a história do exílio de seu compositor, Caetano Veloso, e de Gilberto Gil, dois dos principais expoentes do movimento musical chamado Tropicalismo, que revolucionou a cena artística brasileira nos anos 1960. Corine perguntava-lhe sobre tudo, e durante um bom tempo Léo ficou explicando o quanto a ditadura militar interferira na arte brasileira, censurando e perseguindo os artistas.

Durante o tempo que passou conversando com Corine, Léo trocou olhares com Virginie. Eram olhares discretos, parecia que as duas temiam uma maior aproximação, mas o destino lhes preparava uma surpresa.

Aos poucos a noite foi chegando e as pessoas começaram a ir embora. Rosa e Corine foram as últimas a sair, e quando se despediam Corine fez um convite:

– Léo, eu quero que você vá jantar uma noite dessas conosco, em casa. Você é um doce de menina e Rosa é muito ligada a vocês. Os amigos dela são meus amigos também.

– Irei com todo o prazer, Corine. Você também é um amor de pessoa, é só vocês marcarem.

– Rosa vai entrar em contato com você, e seja bem-vinda à França. Sinta-se como se estivesse em sua casa.

Elas se foram e Léo ficou observando-as. Apenas naquele momento se deu conta de que pareciam ser muito mais que amigas: formavam um casal. Nunca antes havia passado pela sua cabeça que Rosa também gostasse de mulheres. As lembranças que tinha dela sempre estiveram ligadas a Lúcia e sua turma do colégio, nunca antes a havia olhado de outra forma que não como amiga de sua irmã. Aquela descoberta deixou-a contente, pois teria com quem conversar quando precisasse. Lembrou-se então da francesa de olhos negros, olhou em volta, mas ela já tinha ido embora sem que se desse conta.

Mais tarde, enquanto conversava e ajudava Ciça com a louça, perguntou a ela o que deveria fazer para se matricular no curso de Belas Artes. Contou-lhe que estava fazendo uma pesquisa em história da arte, sobre Artemísia Gentileschi, pintora italiana do século XVII. Além de ser pintora, Léo havia se formado em artes plásticas e queria continuar os estudos na famosa École Nacionale Supérieure des Beaux Arts. Ciça achava difícil conseguir vaga naquela época do ano, pois a maioria dos cursos já devia ter encerrado as inscrições, mas no dia seguinte iria se informar, ver o que poderia conseguir.

Luiz entrou na cozinha com uma proposta: queria levar Léo para conhecer Paris. Os três decidiram então que Ciça procuraria saber sobre a matrícula enquanto os outros dois passeariam pela cidade.

No dia seguinte, saíram logo cedo e se separaram na estação St-Lazare. Luiz levou-a aos principais pontos turísticos. Foram ao Museu do Louvre apenas para Léo saber onde ficava, pois não tinham tempo para conhecê-lo, mesmo porque ela teria tempo suficiente para fazê-lo depois. Andaram calmamente pelas Tulherias, conversando, e visitaram a Torre Eiffel. Luiz fazia questão de mostrar Paris vista do alto. Depois foram até Montmartre, almoçar. Nesse dia Luiz contou um pouco mais sobre o que se passara com ele desde que saíra do Brasil.

Apesar de ser relativamente contido nas informações e de não comentar os fatos com detalhes, falou sobre sua vida no Chile, fatos que ela até então desconhecia, porque durante todo o tempo em que estiveram separados as cartas foram poucas – era arriscado mandar notícias e ele temia pela segurança de Léo. Apenas depois de eles chegarem à França é que começaram a se falar por telefone, mas as ligações eram sempre rápidas, mais para saber se andavam bem.

Luiz disse que estava mudando sua forma de pensar e que havia perdido um pouco de sua ortodoxia. Disse que, com outros exilados, estava criando uma revista aberta a todas as tendências. A proposta era iniciar um debate entre as diversas correntes políticas e analisar os problemas brasileiros sob diferentes óticas.

Passaram quase toda a tarde num simpático restaurante de Montmartre, que ele havia escolhido por ser o lugar onde haviam vivido vários pintores que a irmã admirava. Juntos, matavam as saudades de anos de separação. Estavam felizes porque, apesar de o tempo ter passado para os dois, não havia diminuído o sentimento de afinidade que os unia. Léo sentia-se feliz como na primeira vez em que saíra com ele, quando foram à matinê, assistir ao filme *Help!*, dos Beatles. Ele, um cinéfilo, iniciou-a na sétima arte e transmitiu-lhe o gosto pelo cinema.

Já era noite quando chegaram em casa. Mal entraram e Ciça foi correndo contar as boas novas para Léo: disse que havia arrumado uma vaga para ela na Universidade, mas não na Belas Artes, e sim na Filosofia. Disse que conseguira sua matrícula no curso de Virginie, que ainda estava com as matrículas abertas, e depois batalharia por uma transferência para a sua área. Essa foi a forma encontrada para Léo não perder o ano. Disse também que as matrículas se encerrariam no dia seguinte, e precisavam ir logo cedo até a Sorbonne, garantir a vaga. Léo, surpresa, perguntou:

– Por acaso essa Virginie de quem você está falando é a mesma da festa de ontem?

– Ela mesma. Trabalhamos juntas no Comitê de Mulheres e pedi auxílio a ela, que hesitou um pouco mas aceitou o arranjo. Você vai fazer o curso de filosofia grega que ela ministra na Sorbonne.

Léo tentou disfarçar seu entusiasmo. A idéia de ser aluna de uma mulher tão interessante e atraente quanto Virginie a empolgava, tanto quanto a preocupava o fato de ter de estudar uma matéria que não via desde o tempo do ginásio, e com a qual nunca tivera a mínima afinidade.

No dia seguinte as duas levantaram cedo e saíram rumo a

Sorbonne, no Quartier Latin, para entregar e preencher os papéis necessários. Depois de tudo acertado, Ciça propôs a Léo visitarem Rosa, cuja clínica veterinária ficava perto. Quando chegaram, ela não pôde lhes dar atenção porque iria fazer uma cirurgia, mas combinou com Léo de ela passar lá no dia seguinte, para almoçarem juntas.

Depois que saíram da clínica, comeram um lanche e foram até a sede do Comitê de Mulheres, onde Ciça, junto com outras amigas exiladas e algumas francesas, editava um jornal feminista. Léo passou a tarde toda ouvindo-as discutir sobre a condição da mulher no mundo e espantou-se ao constatar que comungava com aquelas idéias e pensamentos, apesar de nunca antes haver pensado naqueles assuntos.

O dia foi ótimo para Léo, mas à noite os mesmos pesadelos que a perseguiam voltaram e trouxeram lembranças dolorosas. Seus sonhos sempre a levavam de volta a 1968, ano em que tudo em sua vida e na de seus irmãos mudou. Naquele ano Doreen deixou-a, Luiz foi preso e Lúcia optou pela luta armada.

Esse ano também não foi comum nem para o Brasil nem para o mundo. Foi o ano das rebeliões estudantis que explodiram nos quatro cantos do mundo: Tóquio, Los Angeles, Berlim, Cidade do México, Praga, Roma e tantas outras cidades, como também em Paris, onde maio de 1968 acabou conhecido como o mês das barricadas estudantis da Rive Gauche.

Na França, o movimento estudantil rebelou-se no início contra o rígido sistema educacional francês. Tudo começou em Nanterre, mas aos poucos outros campi e reivindicações foram se incorporando e acabaram envolvendo não só os estudantes da Sorbonne do Quartier Latin, mas toda a sociedade francesa, abalando o governo do general De Gaulle.

No Brasil também os estudantes se movimentaram, saíram em passeatas e posicionaram-se contra a ditadura militar, instalada no poder desde 1964 dizendo ser provisória, mas que naquele ano estava mostrando a real intenção de se perpetuar no poder.

Sindicatos e entidades estudantis eram desmantelados e colocados na ilegalidade, seus dirigentes eram presos e torturados, os estudantes e a sociedade reagiam a esses acontecimentos manifestando-se em passeatas. Nas ruas das diversas capitais centenas de estudantes, organizados em entidades estudantis, demonstravam ser contra aquela situação e recebiam apoio dos partidos e das legendas de esquerda que haviam sido colocadas na ilegalidade. Os dois irmãos de Léo haviam começado a militância política na Juventude Universitária Católica (JUC), mas naquela época faziam parte da AP, um grupo de esquerda, e Luiz se tornava um ativo líder estudantil.

A matriarca da família Assis Linhares, Dona Emerenciana, tinha sido em 1964 uma das organizadoras da visita do padre Patrick Peyton, pároco de Hollywood, a Belo Horizonte. Junto com a Igreja Católica, ela e outras dezenas de senhoras, representantes das tradicionais famílias mineiras, patrocinaram a Cruzada do Rosário em Família e mobilizaram os católicos contra o governo de Jango.

Essas mulheres juntaram-se ao coro que acusava o governo de estar se posicionando à esquerda e levando o Brasil ao comunismo. Esse foi o primeiro passo para a organização das famosas Marchas da Família com Deus pela Liberdade, realizadas em diversas capitais.

Por ironia ou vingança do destino, justamente seus dois netos, criados dentro de rígidos padrões cristãos, imbuídos das idéias de irmandade e igualdade pregadas pela Bíblia, não só discordaram de suas idéias como resolveram lutar contra elas.

Naquele ano a União Nacional dos Estudantes (UNE) organizou um congresso na cidade paulista de Ibiúna. Proibido pelo governo, o encontro foi desmantelado pelo exército, e seus integrantes, presos. Luiz era na época um dos representantes do DCE (Diretório Central dos Estudantes) de Minas Gerais e foi preso com outras lideranças. Pouco tempo depois acabou enquadrado na Lei de Segurança Nacional. No dia 13 de dezembro daquele ano de 1968, a ditadura, que até então parecia acanhada, tornou-se ditadura de fato com o AI-5 (Ato Institucional nº 5), assinado pelo general Costa e Silva.

A partir daquele dia Léo e Lúcia perderam o pouco contato que tinham com Luiz e as esperanças de que ele fosse solto. Começaram a entrar em desespero com as notícias que chegavam, dando conta de que, além da prisão, as torturas eram cometidas em graus mais elevados de sadismo e sofisticação, por torturadores especializados que não usavam apenas o pau-de-arara e a cadeira do dragão, e sim técnicas trazidas para o Brasil por pessoas treinadas nas academias militares norte-americanas.

Os Estados Unidos eram os mais interessados em impedir que as idéias de esquerda se fixassem no Brasil e nos outros países da América Latina. Viviam ainda o trauma da Revolução Cubana, realizada sob suas barbas, e colocaram-se à disposição dos militares brasileiros, ajudando-os no golpe militar de 1964, que acabou com o processo democrático, instalando a ditadura. A partir de 1968 as liberdades individuais foram todas suprimidas, e os opositores do regime, transformados em inimigos. Era como se vivêssemos uma guerra civil.

Léo nunca mais esqueceria o dia 13 de dezembro de 1968 porque, além de tudo o que ele representou para o país, foi a véspera da partida de sua amada Doreen para a Califórnia. Nesse dia fez amor com ela pela última vez, ela que foi o seu primeiro e até hoje único amor. Eram essas imagens, embaralhadas, que voltavam naqueles sonhos horríveis que tentava esquecer.

Na manhã seguinte Léo acordou triste e cansada. Luiz e Ciça já haviam saído para cumprir seus compromissos. Sozinha, enquanto tomava o café pensava que precisava se livrar daquelas lembranças. Acreditava que, por estar sob um outro céu, num outro país, aqueles momentos tristes do passado desapareceriam, mas começava a entender que não se consegue fugir das lembranças, que elas nos acompanham aonde vamos. Mesmo invadida por aquela tristeza, pegou o mapa do metrô e as indicações que Ciça havia deixado e saiu para a sua primeira aventura sozinha por Paris. Seu destino era a clínica de Rosa, que ficava do outro lado da cidade.

Depois de andar um pouco percebeu que estava sendo mais fácil do que imaginara, ficou animada e, pela primeira vez, teve de reconhecer que devia parte disso a sua avó Emerenciana, que a obrigara a estudar num severo colégio de freiras francesas.

Durante dez anos aprendeu francês, de tal forma que se transformou em sua segunda língua, mesmo porque era a única que se podia falar nas dependências do colégio. Talvez por isso andava por Paris sentindo-se em casa e não encontrava dificuldades com o metrô: fez as baldeações necessárias e por fim chegou ao seu destino, a estação Odéon.

Ao sair da estação, começou a andar por uma rua que achava ser a correta, mas acabou percebendo que estava errada, pois em vez de levá-la à clínica levou-a a um parque.

Olhou o mapa e viu tratar-se do Jardin du Luxembourg. Ficou encantada com o local e resolveu entrar. Quanto mais andava por ele, mais gostava. Sentou-se num dos bancos para apreciar a paisagem; as flores eram lindas, as árvores e plantas mostravam um colorido que misturava as cores do verão, que começava a ir embora, com os tons do outono, que logo chegaria. Olhos atentos de artista, teve vontade de eternizar em suas telas o que via e sentia. Coração sem morada, achava que tinha encontrado o lugar onde desejaria viver o resto de sua vida.

Olhava o céu azul, e ele a encantava, lembrava o céu da sua infância, um tempo em que o céu ainda era azul e sua vida, cor-de-rosa.

Perdida em seus devaneios, assustou-se quando olhou o relógio. Viu que estava atrasada para o encontro com Rosa, abriu o mapa, procurou o endereço e verificou que estava perto. Levantou-se, um pouco a contragosto, e foi encontrá-la.

Na recepção, foi atendida por uma garota simpática e bonita

chamada Monique, que a reconheceu da festa e foi extremamente gentil e solícita. Olhava-a com tanto interesse e curiosidade que Léo sentiu-se envergonhada e sem graça, por isso começou a andar pela clínica enquanto aguardava Rosa.

Numa das salas encontrou várias gaiolas com cachorros presos. Ficou triste por vê-los naquela situação e, mais ainda, ao reparar numa poodle pretinha, que balançava o rabinho pedindo ajuda para sair de lá. Léo não resistiu à sua sedução, abriu a gaiola e pegou-a no colo. Feliz, a cadela começou a lamber seu rosto demonstrando carinho. Em sua coleira havia uma medalha dourada onde se lia o nome Chérie.

Foi amor à primeira vista. Léo estava decidida a ficar com ela e não mais devolvê-la para a gaiola, mas Rosa entrou e levou embora todas as suas esperanças:

– Oi, Léo, que bom que você veio! Pelo visto já arrumou companhia, mas agora preciso devolvê-la para o seu lugar. Não vá cair de amores, pois ela já tem dona – falou, tirando-a do seu colo e devolvendo-a para a gaiola.

– Que pena, estava pensando em levá-la comigo. Ela é um amorzinho, por que está trancada?

– Está esperando a hora do banho. É melhor para eles ficarem trancados; soltos poderiam fugir. Agora, vamos almoçar? Estou morrendo de fome.

Saíram da clínica e rumaram para um bistrô na mesma rua, onde Rosa dissera que havia uma ótima comida. Sentadas, começaram a conversar. Léo contou que estava adorando aquela parte de Paris e que pretendia se mudar para lá. Rosa achou que a idéia era ótima e Léo comentou que não queria se intrometer na rotina de seu irmão e de Ciça, e que viera para a França pensando em mudar sua vida. Disse ainda que, depois da morte de sua avó, seu pai vendera o casarão e lhe dera a sua parte da herança, por isso possuía dinheiro suficiente para se estabelecer sozinha em Paris.

Rosa ofereceu-se para ajudá-la a encontrar um lugar e disse que conversaria com uma cliente que era zeladora de um prédio ali perto, onde talvez houvesse algum apartamento para alugar.

Pediram a comida e, enquanto almoçavam, Rosa perguntou sobre o Brasil e sobre Belo Horizonte. Léo contou que o Brasil agora vivia sob as ordens do general Geisel e que ele assumira o governo prometendo começar uma abertura política. Dizia-se que o processo seria lento e gradual, mas muitas pessoas estavam começando a ter esperanças; ela, contudo, continuava cética.

Comentou que Belo Horizonte permanecia a mesma cidade provinciana de sempre, mas confessou que não era a pessoa indicada para lhe contar as novidades, pois nos últimos anos deixara de freqüentar os bares do Malleta e vivia uma vida mais reclusa, dedicando-se aos estudos, às aulas de pintura que dava num colégio particular e aos seus quadros. Nos últimos três anos, precisou também cuidar da avó, que ficara inválida numa cama depois de um derrame cerebral.

– Sabe, Léo, é estranho olhar para você agora. A imagem que eu tinha na minha cabeça era ainda a de uma adolescente. Ver que agora é uma mulher me assusta e mostra que o tempo passou. Você se transformou numa linda mulher, mas perdeu aquela alegria que tinha, está triste e séria demais. Que tristeza é essa que você carrega, ainda tão jovem?!

– Eu acho que envelheci nesses últimos anos. Às vezes até esqueço que sou jovem. Não foi nada fácil agüentar tudo sozinha. Você conhece minha família, pode então imaginar o que foi passar pela dor de saber que o Luiz estava preso e sendo torturado... e não poder fazer nada, e ainda ter que ouvir da própria avó que aquele castigo era merecido, porque ele havia se desviado do caminho de Deus e se ligado àquelas idéias demoníacas do comunismo. Você sabe que ele ficou surdo de um ouvido de tanto apanhar? Pode avaliar o que é carregar a dor de saber que sua adorada irmã foi brutalmente assassinada? Lúcia nem pôde se defender, foi morta pelas costas. Eu tive que reconhecer o corpo e até hoje não sei por que eles devolveram, talvez por ela pertencer a uma família importante, de políticos aliados aos militares, ou talvez para servir de exemplo para outros jovens.

Léo parou de falar, tomou um pouco de vinho e, olhando séria para Rosa, continuou:

– Lúcia estava irreconhecível, Rosa. Seu corpo foi todo metralhado. Enterrei minha irmã sozinha, ela só teve a mim e a nossa babá, Benedita, para velar seu corpo. Meu pai, covarde, temendo escândalo, fingiu que não era com ele, e minha avó, é melhor nem falar. Lúcia levou junto com ela o filho que esperava. Fica difícil entender o destino, você pode imaginar que dois dias antes de sua morte ela havia me telefonado para contar que estava grávida? Estava tão feliz, disse que procurava arrumar documentos para sair do país, pretendia ir para Cuba mesmo sem o Xavier. Ela queria proteger seu filho, mas não teve tempo. Você não imagina a dor que senti quando a foto dela saiu estampada nos jornais. Falaram coisas horríveis e vangloriaram-se de ter acabado com a vida do que eles diziam ser uma perigosa terrorista. Eles falavam de Lúcia, a pessoa mais meiga e gentil que conheci. Sei que ela entrou para a luta armada para tentar soltar o Luiz. Minha irmã nunca foi uma pessoa violenta. Foi revolta, ódio, desespero que a levou a isso. Lúcia conseguiu seu objetivo participando daquele seqüestro do embaixador suíço; ela salvou o Luiz, mas a que preço,

Rosa?! Não tem sido fácil viver esses anos todos com essas lembranças no coração, acho que é por isso que às vezes me sinto mais velha do que realmente sou.

Léo não percebia, mas, enquanto contava todas aquelas coisas, Rosa chorava, até que interrompeu-a, não a deixando contar mais:

– Léo, por favor, não me faça lembrar disso tudo, não me faça lembrar de Lúcia, não foi só você que sofreu com a morte dela. Por que você acha que eu entrei para o Comitê de Ajuda aos Exilados? Por que ajudei Ciça e Luiz? Foi a forma que encontrei de reverenciar a memória dela. Eu discordava de suas táticas, chegamos até a discutir diversas vezes, mas a respeitava. Muito mais que isso, a amava. Lúcia foi a primeira mulher que amei na vida, por que você acha que vim para a França logo depois de ela conhecer o Xavier? Foi porque não agüentava vê-la com ele. Nós nunca tivemos nada, ela sabia o que eu sentia e nunca me censurou por amá-la; era uma mulher maravilhosa, entendo o seu sofrimento, Léo, porque eu também sofri muito.

– Desculpe, Rosa, não sabia disso tudo, acho que me descontrolei. Guardo todas essas coisas comigo há muito tempo e nunca tive ninguém para desabafar. Não posso falar disso com o Luiz porque ele sofreria mais ainda do que sofre. Ele se sente culpado pela morte dela, não é fácil para ele também.

– Não precisa se desculpar, Léo, é bom desabafar. Hoje eu lido bem com tudo isso, apenas acho que você devia deixar, como eu, as coisas do passado no passado. Infelizmente, lembrá-las não vai mudar o que aconteceu. Existe a hora do sofrimento e existe a hora do recomeço. Você é jovem, bonita, culta, precisa pensar no futuro, sair do passado, precisa amar, divertir-se, tenho certeza de que Lúcia lhe diria a mesma coisa.

– Sabe, eu também quero me desligar dessas lembranças dolorosas. Vim pra cá pra isso, precisava me afastar de tudo. Belo Horizonte estava me sufocando. Vou tentar mudar a minha vida, você vai ver. Esta cidade está me animando, e ter meu apartamento faz parte desse recomeço.

– Agora estou gostando de ouvir, vamos mudar de assunto. E os amores? E aquela sua amiga inglesa Doreen, por que você não foi para a Califórnia, encontrar-se com ela?

– Você conheceu Doreen?

– Claro, você nos apresentou uma noite, lá no Malleta. Tempos depois voltei a encontrá-la e ela disse que estava indo para os Estados Unidos e queria que você fosse junto, mas que você estava relutante. Disse que pretendia viver numa comunidade *hippie* na Califórnia, parecida com aquela de Haight-Ashbury, de São Francisco. Contou também que vocês estavam juntas havia dois anos e que a amava muito, mas não iria abrir mão de seus sonhos e esperava que você fosse encontrá-la mais tarde.

– Ela contou tudo isso para você? Não sabia que você sabia que eu, que eu era...

– Lésbica? É essa palavra que você não está conseguindo dizer?

– Eu não gosto muito dela, acho-a feia.

– Pode ser, mas até agora, que eu saiba, não existe outra para designar as mulheres que amam mulheres, a não ser as gírias. Sabe, eu até prefiro ser chamada de lésbica que de homossexual. Essa palavra engloba os homens também, e eu faço questão de que me vejam como mulher. Mas você não respondeu, por que não foi se encontrar com Doreen?

– Eu a amava muito, mas você sabe como fui criada. Romper com tudo aquilo era difícil, eu era muito nova, não tinha ainda nem dezoito anos, não poderia sair do país sem a autorização de meu pai e, é claro, também de minha avó. Além disso eu tinha um pavor de que vovó descobrisse que eu transava uma garota, ela seria capaz de me internar num sanatório. Doreen estava indo com seu pai, que havia sido transferido para lá, e eu esperava poder encontrá-la depois que convencesse meu pai. Pensava até em pedir ajuda para minha mãe, que morava lá, mas as coisas precipitaram-se e desabaram como uma avalanche em minha vida. Luiz foi preso, Lúcia saiu de casa, e depois já era tarde demais. Agora chega de falar de mim. E você e Corine? Conte de vocês.

– Corine é a mulher da minha vida, conhecê-la foi a minha salvação. Encontrei meu destino. Antes, em Minas, levava uma vida de bares, noitadas, festas de embalo e muita bebida. Quando Lúcia foi para São Paulo com Xavier não havia nada que me prendesse ali. Vim para cá e, tempos depois, conheci Corine, apaixonei-me e estamos juntas desde aquela época.

– Ela parece ser uma pessoa maravilhosa, mas... como posso dizer... ela é muito mais velha que você, desculpe estar falando assim, mas é estranho.

– Não fique constrangida, todo mundo estranha mesmo a nossa diferença de idade, já estou acostumada. Mas o fato de ela ser mais velha nunca me preocupou; para falar a verdade eu nem pensei nisso quando me apaixonei por ela, não posso mudar o fato de ela ter vinte anos a mais que eu, e até hoje isso não interferiu no nosso relacionamento. Se vai interferir no futuro, eu não sei, e não estou preocupada com isso. O que sei é que sou feliz, amo-a e ela me ama. Para mim isso basta e, depois, que eu saiba, não existe idade para o amor.

– Você tem razão, eu é que estou sendo preconceituosa. Somos criados assim e nem percebemos que agimos, às vezes, dessa forma odiosa. Para falar a verdade sinto até inveja de vocês, espero um dia encontrar uma mulher com quem eu possa ser feliz como você é com Corine.

– Tenho certeza de que você vai achar, e aproveite, Paris está repleta de mulheres interessantes. Agora, se você não se importa, Léo, preciso voltar para a clínica, ainda tenho muito trabalho. Foi bom rever você, conversar; agora que nos reencontramos, não vamos nos separar mais, certo? Venha me visitar sempre.

– Vou aparecer sim, espero que possa herdar a amizade que você tinha por minha irmã.

– Com certeza, e você sabe que pode contar comigo para tudo.

– Obrigada, Rosa, e desculpe pelo desabafo.

Despediram-se na porta do bistrô e Léo resolveu andar um pouco. Acabou voltando ao jardim que descobrira. Sentou-se num banco e ficou pensando nas coisas que havia conversado com Rosa e, sem perceber, a lembrança de Doreen foi tomando conta dos seus pensamentos. Os momentos vividos com ela retornavam como num filme, onde ela via uma menina alta de cabelos ruivos entrar na sala da diretora do Colégio Hamilton, um colégio americano que se instalara havia pouco tempo na cidade.

Léo tinha se matriculado para fazer o colegial, contra a vontade de sua avó, mas com o apoio de seu pai, que era amigo dos donos e achava que ela deveria aprender a falar inglês. Gostou de Doreen desde o primeiro momento em que a viu e ficou contente quando Miss MacNeall, a diretora, informou que ela a ajudaria com as aulas de inglês, seu maior problema na mudança de colégio.

Doreen sabia inglês perfeitamente porque era inglesa, e fora escalada para dar-lhe aulas particulares. Conhecendo-a melhor, ficou sabendo que havia morado anos na Austrália e estava no Brasil, com seu pai, havia três anos. Ele era engenheiro e corria o mundo trabalhando em grandes mineradoras. Doreen não tinha mãe, ela morrera quando eles moravam na Malásia. Muito independente, não quis ir para a Inglaterra, viver com seus avós. Gostava da vida nômade que levava com o pai.

Léo, antes de conhecê-la, já havia se sentido atraída por outras meninas e por professoras, mas até então não entendia bem o que aqueles sentimentos significavam. Sabia-se diferente das outras garotas, mas foi só depois de conhecer Doreen que realmente entendeu sua condição e o que queria para sua vida. Não teve tempo de pensar se era certo ou errado sentir o que sentia por Doreen porque, quando deu por si, já estava perdidamente apaixonada por aquela menina diferente, que usava roupas modernas.

Quando a conheceu, Doreen era a encarnação da moda Carnaby Street, seguidora fiel de sua conterrânea Mary Quant. Usava, para escândalo de mineiros conservadores, minissaias, meias-calças de cores berrantes, botas de cano alto, colares e cinturão. Era arrojada e, para Léo, a encarnação de seus sonhos. Depois mudou, e passou a ter um estilo *hippie*: ela era uma mutante.

Rapidamente tornaram-se amigas. Com Doreen descobriu um mundo que desconhecia, inclusive o mundo da música – ela era apaixonada por música e tocava violão maravilhosamente bem. Foi com a inglesa que aprendeu a gostar de Janis Joplin, Bob Dylan, Joan Baez, e também a conhecer a música nova que se fazia no Brasil.

A primeira vez que teve coragem de enfrentar sua avó foi para assistir, junto com Doreen, uma eliminatória de um festival de música patrocinado pela TV Excelsior de São Paulo, que aconteceu em Ouro Preto. Foi lá que, embaixo de chuva fina e sentadas bem juntinhas, as duas viram uma garota gorda chamada Tuca cantar a música "Porta Estandarte" acompanhada por um novo compositor de nome Geraldo Vandré, que faria sucesso depois e causaria agitação com a música "Para Não Dizer que Não Falei das Flores".

Com Doreen, aprendeu a beber e a fumar, a enfrentar a sua avó e a reivindicar maior liberdade, e mesmo com as brigas em casa ela freqüentava, com assiduidade, as rodas de música dos bares que ficavam no edifício Malleta. Doreen conhecia muitos jovens músicos, alguns deles tempos mais tarde fariam muito sucesso, levando a música feita em Minas para todo o Brasil.

As lembranças daquele tempo voltavam como se ela estivesse vivendo tudo novamente. Achava que nunca iria superar a falta que sentia de Doreen, lembrava-se ainda do dia em que tomou coragem e declarou-se para ela através de uma carta. Para sua alegria Doreen respondeu, dizendo que sentia o mesmo e que não via nada de errado no amor delas, depois contou que já havia namorado uma garota na época em que estudara num colégio interno na Austrália e que, se ainda não havia se declarado, era porque achava que ela tinha de descobrir sozinha o que sentia, e também por receio de perdê-la.

Depois da carta começaram a namorar; um namoro adolescente, tudo foi acontecendo lentamente, ainda podia lembrar como suava quando Doreen ficava de mãos dadas com ela no cinema e como, enquanto as outras garotas choravam com a mocinha do filme *Dio Come ti Amo*, ela sentia o corpo tremer com o toque da mão da companheira entrando por baixo da sua saia e acariciando a sua coxa.

O primeiro beijo aconteceu no banheiro do colégio; a ousadia de Doreen a assustava e excitava. Aquele foi seu primeiro beijo de amor, depois vieram outros e elas foram se descobrindo. Um dia quase foram flagradas se beijando no quarto por sua avó; depois disso passaram a se encontrar na casa de Doreen, para onde iam todas as tardes, aproveitando a ausência do pai dela e usando a desculpa das aulas particulares de inglês.

Léo ainda se lembrava da primeira vez que fizeram amor e revivia aquele momento em suas noites de solidão. Nessas horas, voltava para aquele quarto para reviver um dos momentos mais felizes de sua vida.

Naquele dia estavam no quarto de Doreen, que havia planejado tudo com antecedência. Ela colocou um disco na sua vitrola portátil. Johnny Rivers começou a cantar uma balada romântica e elas começaram a dançar. Doreen a beijava e grudava seu corpo ao dela, as mãos percorriam seu corpo querendo descobrir sua pele, seus segredos; ela despiu-a e começou a beijar seu corpo inteiro, ao mesmo tempo que também se desfazia de sua roupa. Foi com Doreen que aprendeu não apenas a ter prazer, mas a dar prazer e, mais que isso, a sentir prazer em dar prazer. Juntas descobriram todos os caminhos possíveis do amor; foi com ela que perdeu seu pudor, sua virgindade e descobriu o mundo maravilhoso de Eros.

Perdida em suas lembranças, Léo só percebeu onde estava quando uma folha caiu sobre seus ombros e trouxe-a de volta ao tempo presente. Olhou o relógio e viu que era hora de voltar para St-Denis.

O caminho de volta foi fácil, não errou nenhuma baldeação. Durante todo o trajeto, sentada nos vagões do metrô, percebia, em suas reflexões, que ainda não havia superado a separação nem a morte de Doreen, uma garota cheia de vida, adepta do *Flower Power*, que embarcou para uma viagem sem volta. Na carta-resposta que recebeu de sua avó, da Inglaterra, seis meses depois de ela ter partido, estava escrito "Doreen morreu de overdose há dois meses, em São Francisco". Ironicamente, na sua querida *'Califórnia Dream'*. Tudo havia acabado, o mundo maravilhoso de Eros transformara-se no mundo escuro de Tanatos.

Aquelas lembranças eram doloridas, mas Léo estava decidida a deixar o passado no passado, como Rosa havia dito. Era hora de recomeçar a viver e colocar os fantasmas de lado. O tempo de luto passara, já havia chorado tudo o que podia pela morte das duas mulheres que mais amara na vida, Doreen e Lúcia. Era hora de viver, e enquanto caminhava em direção à casa de seu irmão decidiu que mudaria tudo – procuraria um apartamento na região do Jardin du Luxembourg, que tanto adorara, e começaria ali uma nova vida, sob aquele céu azul de Paris que a fascinava. Estava tão contente por haver tomado essa decisão, que falou em voz alta, plagiando um poeta conterrâneo, para ela própria ouvir: "Minas é apenas um retrato na parede!"... " e eu não vou mais deixar doer!"

Estava tão perto de casa que seu irmão, no portão, perguntou-lhe:

– Você falou comigo, Léo?

– Não, eu estava falando comigo mesma, dizendo como estou feliz por estar aqui, junto de vocês, em Paris.

Ela beijou-o e os dois entraram abraçados em casa. Depois contou a ele o que fizera durante o dia e falou sobre sua intenção de mudar-se para um apartamento na região do Jardin du Luxembourg.

– Por que você quer nos deixar, Léo? Justo agora que estamos todos juntos!

– Eu não vou deixá-los, Lu, mas vocês têm a sua vida e daqui a pouco vão precisar de mais espaço para o nenê. Preciso cuidar da minha vida também, estou gostando de Paris e, depois, lá eu vou ficar perto da Universidade.

– Está certo, maninha, você é quem sabe o que é melhor para você. E depois não vou ser eu, que sempre lutei pela liberdade das pessoas, que vou cercear a da minha irmã.

Ciça, que vinha entrando na sala a tempo de ouvir a conversa, falou:

– Gostei de ver, querido. Léo está certa, tem que viver a vida dela. Também teve sua cota de sofrimento, precisa viver um pouco, e não vejo cidade melhor para viver a vida do que Paris. Quem sabe ela não encontra um amor por aqui, também?

– Até que não seria má idéia, Ciça, estou mesmo precisando encontrar alguém e amar de novo.

– Que curso é esse que você vai fazer, Léo? Naquele dia não prestei atenção no que Ciça lhe falou.

– É um curso de filosofia grega que é dado por Virginie, uma amiga de Ciça, do Comitê. Não vai ser fácil, vou sofrer um bocado porque não entendo nada de filosofia, mas foi o que Ciça conseguiu. O importante é estar lá dentro, depois eu tento uma transferência para a Escola de Belas Artes.

– Ciça! Você colocou minha irmãzinha nas mãos de Virginie? Aquela mal-humorada? Coitada de você, Léo, vai sofrer nas mãos dela. Ela é extremamente exigente, por pouco não me reprovou.

– Virginie não é tão ruim assim, é apenas um pouco fechada, retraída. Talvez até seja rígida demais, mesmo, mas é ótima companheira e nos dá a maior força no Comitê. E depois, se não me falha a memória, você quase foi reprovado por faltas, não por aproveitamento.

– Está certo, também não estou falando que ela é ruim, apenas que é muito amarga, não tem jogo de cintura. Acho que está precisando é achar um homem, isso sim.

— Eu não acredito no que estou ouvindo! Você ouviu isso, Léo? Veja o machista que eu tenho em casa. É como todos os porcos chauvinistas que andam por aí e pensam que a solução das mulheres está nas mãos dos homens. É por essas e outras que venho batendo na tecla de que precisamos primeiro mudar as coisas dentro de casa, as relações entre os homens e as mulheres na esfera privada; se não mudarmos isso, dificilmente a sociedade vai mudar. Mas não fique preocupada, cunhada, se o meu filho for homem não vou criá-lo machista como o pai.

— Você pode contar comigo, estou cem por cento do seu lado. O Luiz sempre foi machista, mesmo, só me livrei da vigilância dele quando entrou para a militância política e não tinha mais tempo de viver atrás de mim. Mas acho que ele tem conserto, nós podemos pensar em algumas estratégias.

— Acho que vou lá dentro antes que vocês duas comecem a revolução feminista agora. Eu não quero ser a primeira vítima.

Luiz falou isso e saiu correndo da sala brincando; elas riram também e Léo perguntou:

— Sabe, Ciça, eu conheço tão pouco você... Me conta como foi a sua vida, como você foi parar no Chile...

— Minha história é mais ou menos parecida com a do Luiz. Estudava sociologia e militava no movimento estudantil do Rio de Janeiro. Pertencia a uma organização chamada VAR-Palmares, estive em algumas ações e, quando a barra pesou, tive que pular fora antes que me prendessem. Fui para o Chile do Allende. Conheci o Luiz através de outros amigos exilados, nos apaixonamos e passamos a viver juntos. Foi um período feliz, mas durou pouco, acabou naquele golpe militar de 11 de setembro de 73. Depois, você sabe, veio o horror e a truculência dos militares do Pinochet. Nós tivemos sorte, conseguimos nos refugiar na embaixada do Canadá, eles nos abrigaram e nos mandaram para o México. De lá conseguimos asilo político na França, viemos para cá, e o resto você já sabe.

— Vocês tiveram muita sorte, mesmo. Sinto arrepios só de lembrar o número de vítimas que Pinochet fez, e fico triste e revoltada por saber o destino das pessoas que ficaram presas no Estádio Nacional. Fiquei desesperada depois do golpe, só consegui me acalmar quando vocês deram notícias. Foram semanas de aflição. Sabe, acho que a ditadura chilena é pior do que a nossa.

— Não se iluda, Léo, ditadura é ditadura, não se mede a truculência desses regimes apenas pelo número de vítimas fatais. Todos pagam um alto preço, mesmo aqueles que não estão envolvidos diretamente na luta. Você é um exemplo disso.

— Você tem razão, mas vamos deixar esses assuntos de lado, o dia hoje já foi repleto de recordações e eu resolvi deixar de pensar no que passou.

– Isso mesmo, menina! País novo, vida nova!

Passou uma semana até Rosa mandar um recado por Ciça, dizendo que tinha achado um apartamento para Léo alugar. Ficava perto da clínica, na Rue Servandoni, e Léo foi até lá. Era pequeno, antigo e estava muito sujo, mas mobiliado; era no quarto andar de um prédio velho, mas tinha elevador. Léo gostou porque ele estava localizado na frente do prédio, e da janela podia se avistar um pedacinho do Jardin du Luxembourg. Achou perfeito e resolveu ficar com ele, mas havia um problema que a zeladora informou: o dono não queria mais alugá-lo para estrangeiros.

Léo foi até a clínica e contou tudo para Rosa. Ela falou com Corine, que se prontificou a alugá-lo em seu nome. Contando com a ajuda de suas novas amigas, e resolvida a burocracia, depois de alguns dias ela pegou as chaves.

Luiz e Ciça foram conhecê-lo e aprovaram a escolha, principalmente porque era bem localizado, a sete quadras da Sorbonne e a umas dez da Escola de Belas Artes. Acharam perfeito porque ela evitaria andar de metrô.

A vida de Léo começou a mudar no dia em que se mudou. Teve de aprender a fazer coisas que nunca havia feito na vida, como limpar e arrumar uma casa.

Depois de estudar bem sua nova residência, resolveu não trocar o papel de parede, que, apesar de velho, era muito bonito, cheio de flores, e dava a sensação de se estar vivendo no meio de um jardim. Havia muito a ser feito. Por isso, depois de comprar material de limpeza num mercadinho ao lado, colocou as mãos à obra, ou melhor, no sabão em pó e no detergente. Nunca havia limpado banheiro, muito menos esfregado um chão, mas fez esses serviços sem problemas. Também limpou e encerou o assoalho. Estava feliz apesar do cansaço, sentia-se bem fazendo algo por si e para si pela primeira vez.

Quando tudo estava limpo, inclusive janelas e armários, foi a vez de arrumar os móveis. Ajeitou-os de tal modo que criou dois ambientes, empurrando a pequena cama, com colchão novo, para um canto, e dando a ela a função de sofá durante o dia. O guarda-roupa, encostou num dos lados da porta de entrada, fazendo com que ficasse um pouco escondido. Comprou uma mesa de madeira numa loja de móveis usados que descobriu, próxima à sua rua, e colocou-a perto da janela, junto do seu novo cavalete de pintura. Um armário passou a servir de estante para os seus livros e depósito para as suas tintas e pincéis; a poltrona, colocou encostada na parede, perto do guarda-roupa.

Depois de tudo pronto, começou a comprar alguns utensílios domésticos, como pratos, panelas e talheres, bem como roupa de cama, mesa e banho. Durante todo o tempo Léo só pensava na sua nova vida, no futuro, e as tintas das cenas doloridas do passado aos poucos foram desbotando.

Léo estava feliz, era a primeira vez que sentia uma casa realmente sua. Em Belo Horizonte, o casarão no qual morou a vida toda era de sua avó, que nunca permitiu que ela ou seus irmãos mexessem em nada, nem os móveis de seus quartos eles podiam mudar.

Arrumar sua casa foi como uma terapia. Aos poucos conseguia ver, de forma mais concreta, que sua vida estava mudando. Saía sempre em busca de coisas novas para a casa, e já andava com desenvoltura pela vizinhança, satisfeita com tudo o que havia conseguido fazer sozinha.

A solidão era o maior problema de Léo, apesar de ter amigos e sempre ir à clínica ou à casa de Rosa e Corine para conversar, e também de ajudar Ciça no Comitê. A solidão que sentia era por não ter alguém com quem dividir as noites, que estavam ficando cada vez mais frias com o fim do verão.

Nas horas de solidão, sentada em seu estúdio, lembrava-se de Doreen, mas sabia que aquele tipo de vida não lhe agradaria. Doreen sempre fora moderna, futurista, leitora de Timothy Leary, Aldous Huxley, Castañeda, enquanto ela crescera junto com as freiras, lendo Proust, Victor Hugo e Verlaine. Doreen era pop-art, ela sempre foi impressionista. Doreen era futuro, ela, enraizada no passado. Por isso sabia que, se ela estivesse viva, dificilmente gostaria de Paris; sempre fora mais solar, mais Califórnia.

Essa constatação aos poucos ia fazendo-a acreditar que o importante numa relação são as afinidades, e não o encanto pelas diferenças, que por fim acabam separando os amantes, fazendo-os seguir caminhos diversos. Descobrira que essa era a chave do amor de Rosa e Corine, elas gostavam das mesmas coisas e tinham a mesma forma de entender o mundo. Léo achava que era hora de encontrar alguém que entendesse a vida como ela.

Léo nunca censurou o modo de ser de Doreen, nem poderia, porque foi com ela que aprendeu a ter coragem, a entender que sexo não era pecado, era troca, era vida, e era justamente disso que sentia falta quando deitava na cama à noite. Sentia falta de beijos, de carinhos, de amor. Existia Monique, a auxiliar de Rosa, uma francesinha bonita e atraente, e que estava interessada nela, mas tinha certeza de que com ela seria apenas sexo por sexo, por isso evitava uma maior aproximação. Depois de Doreen, chegara a sair com outras garotas mas, após o segundo encontro, já ficava cansada. Achava que havia perdido a sua capacidade de amar e que nunca mais iria achar alguém que lhe arrebatasse os sentidos.

Desde a mudança para o apartamento, Léo vinha criando uma rotina. Levantava cedo, comia um sanduíche de *gruyère* e café com leite no café da esquina, e seguia com seus apetrechos de pintura para o Jardin du Luxembourg. Gostava de aproveitar a luz da manhã; sentava-se num banco, armava um pequeno cavalete, abria seu lindo estojo de pintura, presente que Doreen lhe trouxera de Londres, e ficava pintando até a hora do almoço, sempre brigando com suas tintas por não conseguir reproduzir o tom certo do azul com o qual pintava o céu de Paris. Nunca dava-se por satisfeita, aquele céu era o seu desafio.

Numa manhã de sábado, enquanto pintava no Jardim, pousou seu olhar, sem querer, no banco em frente. Nele viu um casal sentado, tendo ao lado seus filhos. Talvez fossem turistas descansando, mas aquela cena de família lembrou-lhe sua vida em Minas e seus anos de infância.

Léo conviveu pouco com seus pais; um ano e meio depois de seu nascimento eles se separaram, não oficialmente, pois divórcio ainda não existia e desquite era algo inimaginável de acontecer numa família tradicional e de respeito como a sua. Fizeram um arranjo: sua mãe foi morar na capital do país, Rio de Janeiro, e seu pai foi viver numa de suas fazendas. A única coisa que Léo tinha como prova de que um dia tivera uma família era uma fotografia em preto-e-branco tirada no dia de seu aniversário de um ano.

Naquela foto posada estavam sentados no sofá da sala de estar seus irmãos e seus pais, todos vestidos com roupa de festa. Recostada no braço direito estava sua mãe, vestindo um elegante *tailleur* claro com debruado escuro; no braço esquerdo estava recostado seu pai, de paletó e gravata; quatro crianças em ordem de altura sentadas no sofá; ela era o bebê que sua irmã Lúcia segurava no colo. Apesar de não se lembrar daquele dia, aquela era a única imagem que tinha da época, e durante a sua infância olhou tantas vezes para aquela fotografia que sabia de cor o nome do fotógrafo, impresso no verso. Num carimbo se lia "Botelho, Studio Alvorada, Belo Horizonte, 1952".

Durante muito tempo lutou para entender por que aquela cena significava tanto para ela. Só adulta chegou à conclusão de que aquele dia havia sido o último dia de uma família feliz e unida; depois disso ela não mais existiu e seus membros seguiram rumos que não se conseguiria imaginar olhando para aquela foto.

Aquela família tinha, na imaginação de toda a sociedade mineira, tudo para dar certo. Sua mãe, Laura, na época de seu casamento, era considerada a moça mais bonita de Belo Horizonte; nada poderia dar errado àquela bela jovem que se unia a um bonito e rico herdeiro de família tradicional.

Sua mãe sabia de sua beleza, tanto que desde criança participara de concursos, sempre ganhando. Seu sonho era candidatar-se a Miss Brasil, mas para isso teria primeiro de se eleger Miss Minas Gerais. Mas com dezessete anos foi convencida por sua família e pela de seu noivo a deixar seu sonho de lado e trocá-lo por um rico casamento.

Pressionada, casou-se, mas nunca abdicou dos sonhos de uma vida mais glamourosa. O casamento deles foi a sensação do ano, muito comentado e elogiado pela sociedade mineira. Diziam ter sido o casamento de uma princesa: o vestido de noiva veio da França; o coral, de Petrópolis; e a lua-de-mel foi no Rio de Janeiro, capital do país, que sua mãe tanto sonhara em conhecer.

Foi no Rio de Janeiro que os problemas começaram. Seu pai, jovem rico e garboso, na tentativa de impressionar sua esposa levou-a para conhecer todos os lugares da moda no Rio, o que fez com que sua mãe visse de perto que o sonho de uma vida com *glamour* existia. Ela não queria voltar mais para Belo Horizonte, ele só conseguiu convencê-la dando-lhe de presente, como compensação, um apartamento num dos novos arranha-céus que estavam sendo construídos em Copacabana.

A idéia era passar todas as férias no Rio, mas isso nunca ocorreu, pois logo depois do retorno deles o patriarca Assis Linhares morreu, e seu único filho assumiu todos os negócios, além do que sua mãe havia voltado da lua de mel grávida e seus sonhos de um novo tipo de vida foram adiados por muitos anos.

Nos anos que se seguiram não conseguiu mais voltar para aquela cidade maravilhosa; os filhos foram se sucedendo de dois em dois anos, e a vida a dois, tornando-se monótona para uma jovem ex-candidata a miss. Ela compensava sua frustração organizando festas no casarão, para desespero de sua sogra, mulher severa e religiosa, que censurava seu modo de ser dizendo que seu comportamento não condizia com o de uma mãe de família. Às discussões com a sogra foram acrescidas as brigas com o marido, que viajava muito cuidando dos negócios da família, fazendas de gado e exploração de minério. Apesar de ele não se preocupar com o que ocorria em casa, acatava as reclamações de sua mãe, gerando brigas e mais brigas com a mulher.

As lembranças de Léo foram interrompidas pela chegada de Monique, que a descobriu sentada no Jardim e convidou-a para almoçar.

O verão já estava nos seus últimos dias quando as aulas começaram. Depois da festa de St-Denis, Léo encontrara-se com Virginie apenas por duas vezes, no Comitê de Mulheres, sempre em situações nas quais não conseguiu trocar mais do que duas ou três palavras. Nessas ocasiões ela lhe pareceu arredia, apesar de continuar olhando-a com aqueles olhos de ônix e de uma forma que a deixava perturbada.

No primeiro dia de aula, Léo estava nervosa. Tudo na classe era diferente do que estava acostumada, a sala era grande e em degraus como num anfiteatro; sentia-se um peixe fora d'água, sua turma era heterogênea, havia alunos de todas as partes do mundo, mais homens que mulheres, que pareciam estar tão assustados quanto ela naquele primeiro dia.

Eram três horas em ponto quando a porta abriu-se e Madame Leblanc entrou na sala; todos acompanhavam-na com o olhar enquanto ela se dirigia à mesa. O silêncio era enorme, ninguém ousava emitir um som. Havia um clima de expectativa que, tempos depois, Léo ficou sabendo que era devido ao prestígio de Virginie. As vagas nas suas aulas eram disputadas por muitos alunos da graduação.

Virginie era considerada uma grande especialista em filosofia grega, e sua paixão era Platão. Mas era temida porque diziam pelos corredores que seu método de ensino era muito socrático, e isso fez com que colecionasse antipatias e desafetos daqueles que não entendiam muito bem a origem de sua constante ironia. Nada disso interessava a Léo, que não conseguia parar de admirar aquela mulher elegante que a intrigava e que, na condição de professora, parecia mais séria do que era realmente. Ao vê-la de longe, pareceu-lhe mais atraente ainda, e da quinta fileira podia observá-la de forma privilegiada. Seus pensamentos foram levados então para a Grécia, mas não para a de Platão, para a de Safo.

Depois de um formal *bonjour*, a professora começou a explicar como seria o curso, listou os livros que eles iriam ler e os trabalhos que seriam realizados. Durante todo o tempo da explanação ela não olhou uma vez sequer para Léo, que se sentiu frustrada com a distância que parecia estar impondo, apesar de reparar que esse distanciamento não era dirigido exclusivamente a ela.

Virginie era uma incógnita, e Léo estava cada vez mais motivada a decifrá-la. Desde Doreen, não se sentia tão interessada por uma mulher, mas estava assustada porque reconhecia que Virginie mexia com ela de uma forma que até então desconhecia; nunca antes havia experimentado sentimentos tão fortes.

As semanas foram passando, a aula era apenas uma vez por semana e, por mais que tentasse uma aproximação, não conseguia. As coisas foram piorando, pois percebia que o seu interesse aumentava na mesma proporção em que Virginie tratava-a com mais frieza e indiferença. Léo tinha impressão de que ela a tratava mal de propósito, e não entendia o motivo. Com os outros alunos mostrava-se gentil e cordial; com ela não, sempre achava um motivo para menosprezar suas observações ou suas dúvidas e, socraticamente ou não, a ironizava. Léo não entendia o porquê daquele tratamento.

O comportamento de Virginie começou a irritá-la, principalmente porque percebia que, ao mesmo tempo que estava impondo uma distância entre as duas, às vezes flagrava-a olhando de modo intenso e interessado, principalmente quando todos na classe estavam fazendo algum exercício. Nessas ocasiões ela desviava o olhar rapidamente e voltava à sua postura de sempre, como se aquele momento não tivesse existido. Léo podia contar nos dedos de uma só mão as vezes em que ela lhe dirigiu a palavra, e mesmo nessas ocasiões a tinha criticado, dizendo que sua análise estava equivocada.

O outono havia chegado e, para Léo, que não estava acostumada com baixas temperaturas, parecia já ser inverno. Agora ela ia poucas vezes ao seu Jardin, apesar de ficar muito atraída pelas novas cores que apareciam nas árvores. Elas vestiam-se de um amarelo-dourado e brilhavam sob a luz do sol, e aquele clima trazia para dentro de Léo um sentimento de nostalgia e de tristeza. Para fugir dessas sensações, começou a dedicar-se com mais afinco à sua pesquisa sobre Artemísia e a elaborar um projeto de pesquisa para entregar a um professor que lhe indicaram na Escola de Belas Artes.

Às vezes Léo saía com seus colegas de classe e ia a um café na Place de La Sorbonne, beber um vinho e conversar. Aquele café, depois de um tempo, transformou-se no seu ponto preferido, não apenas porque lá podia comer uma excelente omelete, mas principalmente porque esse era o café freqüentado por Virginie.

Por diversas ocasiões conseguiu ficar observando-a sem ser notada. Ela sentava-se numa das mesas que ficavam de frente para a rua e passava um bom tempo lendo ou comendo. Apesar de estar chateada com a forma como vinha sendo tratada, Léo não deixava de se encantar com seus gestos calmos e suaves; achava suas mãos lindas e sua presença mexia com seus sentidos, principalmente quando ela colocava os óculos de leitura que trazia sempre, charmosamente, presos à blusa num broche. Qualquer pessoa concordaria que Virginie era uma mulher muito atraente e interessante. Léo achava, entretanto, que ela fazia o possível para esconder isso, vestindo-se de um modo sóbrio que a fazia parecer mais velha do que realmente era.

De tanto observá-la de longe já havia decorado seu ritual no café. Ela chegava, sentava-se e pedia sempre um café e uma água. Colocava seus óculos, abria um jornal ou um livro e começava a ler; de vez em quando olhava para a rua e seus olhos perdiam-se no vazio. Nessas horas Léo daria tudo para saber no que ou em quem pensava, e não conseguia afastar o sonho de achar que talvez pensasse nela.

As semanas foram passando e a distância que Virginie colocava entre as duas aumentava. Tudo levava a crer que a presença de Léo realmente a incomodava, e continuava sem entender o porquê de ser tratada de forma tão fria. As coisas pioraram quando alguns trabalhos foram devolvidos; no seu havia tantas observações ácidas e correções desnecessárias que a fizeram supor terem sido redigidas propositadamente, uma vez que pôde constatar com seus colegas que os trabalhos deles não haviam sido tão duramente criticados. Léo sentiu-se ofendida e pensou em abandonar o curso; não o fez porque estava esperando a resposta do professor da Belas Artes, que se mostrara bastante interessado em seu trabalho.

Léo resolveu se distanciar e passou a evitá-la. Sua indiferença e seu comportamento magoavam-na. Decidiu esquecer os olhares quentes que trocaram na festa e olhá-la apenas como professora. Deixou de freqüentar o café e evitava encontrá-la nos corredores. A grande ironia era que agora, vez ou outra, cruzava com ela no mercadinho perto da sua casa, na farmácia ou na estação do metrô. Nessas ocasiões Léo fingia não reconhecê-la e evitava trocar olhares, aqueles olhos negros que antes a encantavam agora a magoavam muito.

Léo não comentou com Rosa ou Corine o que estava acontecendo. Talvez, se tivesse comentado, poderia ter ouvido delas que ninguém afasta quem lhe é indiferente, e que a atitude de Virginie era típica de quem estava fugindo, com medo de seus sentimentos. Realmente, era bem possível que aquela professora de filosofia, que estudara tanto para entender os sentimentos e as ações humanas, não soubesse lidar com os seus próprios.

Finalmente, depois de quase três meses, Léo obteve uma resposta positiva ao seu pedido de transferência. Seu novo professor era especialista em Caravaggio, ficou empolgado em conhecer uma pintora seguidora de seu estilo e confessou ignorar a existência de Artemísia Gentileschi. Radiante porque agora iria estudar algo que conhecia e gostava, Léo estava satisfeita também porque se afastaria de vez de Virginie: andava preocupada com a possibilidade de estar irremediavelmente apaixonada por uma mulher fria e distante, o que a irritava, já que havia decidido que não iria mais sofrer, muito menos por amor.

Dezembro chegou frio e, junto com ele, a última aula antes do recesso de fim de ano. Para Léo aquela seria realmente sua última aula com Virginie. Quando voltasse das festas iria para a Escola de Belas Artes.

Naquele dia, depois da aula, ela resolveu procurar Virginie em sua sala para se despedir e agradecer por ter sido aceita no curso. Teria sido melhor que não tivesse ido, pois Mme. Leblanc, surpresa com sua presença, recebeu-a com frieza e distância redobradas, disse que Léo não precisava agradecer por nada e que a ajuda que lhe deu teria dado para qualquer amiga de Ciça que estivesse precisando. Para aumentar a decepção de Léo, ainda fez questão de frisar que estava contente com sua transferência, porque ela era uma aluna medíocre em filosofia, e esperava que ela se saísse melhor em História da Arte.

Levantou-se, indicando que o assunto estava encerrado. Abriu sua pasta, pegou os trabalhos de Léo e devolveu-os a ela.

Léo sentiu-se extremamente ferida em seu orgulho e amor-próprio. Achou que tinha sido gratuitamente desprezada e humilhada, sentiu vontade de responder o que achava dela, mas conteve-se, pois lembrou que ela era amiga de Ciça e, bem ou mal, devia-lhe a sua vaga na Universidade. Por isso pegou a pasta com os trabalhos e olhou bem dentro dos olhos de Virginie – de seus olhos saíram faíscas de raiva e ódio –, virou as costas, bateu a porta e saiu sem se despedir.

Aquela cena foi extremada e desnecessária, nenhuma das duas deveria ter agido daquela forma. Nem Virginie precisaria ter sido tão fria e arrogante, nem Léo precisaria tê-la fulminado com o olhar; se elas soubessem o que as deusas da amada Grécia de Virginie tramavam, teriam se contido um pouco. O destino iria preparar uma cilada para as duas, e ela viria tingida de cores fortes, repleta de sombras e luzes como nas telas de Artemísia.

As festas de fim de ano chegaram, Léo estava encantada com uma Paris toda enfeitada e iluminada. Ciça resolveu fazer uma festa no réveillon e convidou todos os amigos para virar o ano juntos. A reunião foi animada; a maioria dos presentes estava distante da família e, juntos, sentiam-se mais fortes para enfrentarem mais um ano de exílio. Todos contribuíram trazendo comidas típicas de seus países; a música também era variada: samba, tango, guaranias, boleros. Todos se divertiram muito, quase não havia franceses presentes. Virginie não foi, nem Rosa e Corine, que estavam viajando.

Apesar dos acontecimentos recentes, Léo estava contente. Havia anos não passava as festas com seu irmão, e na hora do estouro das champanhes, enquanto brindava com todos, prometeu para si mesma que mudaria algumas coisas em sua vida, e a primeira delas seria tirar Virginie de vez de seus pensamentos. Sabia que seria algo hercúleo, pois desconfiava que ela já havia se instalado definitivamente em seu coração.

Depois das festas, a vida começou a retornar ao seu ritmo normal. O inverno estava rigoroso e Léo saía pouco de casa; passava as horas pintando, ouvindo música ou estudando. Os trabalhos que Virginie havia devolvido, ela jogara no lixo, tentando apagar qualquer vestígio dela. Léo nunca contou a ninguém o desentendimento que tiveram na Universidade, achava que havia feito papel de boba e isso a irritava profundamente, só pensava agora no seu novo curso.

Começar as aulas na Escola de Belas Artes trouxe-lhe um novo ânimo; passava então horas agradáveis na companhia de seus novos colegas, que eram artistas ou amantes das artes, como ela. Freqüentava museus e exposições junto com eles e aos poucos foi conhecendo o mundo artístico parisiense. Quanto mais conhecia a arte francesa, mais crescia a vontade de que seus colegas conhecessem a arte que era feita no Brasil. Por isso, sempre que podia, falava para eles de pintores e escultores brasileiros e mostrava algumas reproduções que estavam nos livros que trouxera do Brasil. Sonhava em poder mostrar aqueles trabalhos ao vivo, mas não sabia como, eram poucos os trabalhos de brasileiros expostos nas galerias e museus da cidade.

Passava também uma grande parte do seu tempo pesquisando nas bibliotecas e nos arquivos dos museus, sempre em busca de pistas sobre a vida de Artemísia, e quanto mais pesquisava mais tinha certeza de que precisava ir para a Itália, porque apenas lá encontraria o que faltava. Chegou a comentar com Ciça que no verão iria a Nápoles, cidade onde provavelmente Artemísia havia vivido seus últimos dias.

Abril chegou radiante. Os dias eram mais longos e menos frios e Paris cobria-se de flores; o Jardin du Luxembourg brindava seus freqüentadores com luzes e cores, irresistíveis para os olhos de uma artista sensível como Léo, que retornou aos seus bancos de cavalete e palheta nas mãos, usando o tempo disponível para pintar seus recantos. Na primavera, a vida que estivera hibernada durante o inverno renascia, e Léo sentia-se a cada dia mais entusiasmada. Apenas um detalhe atrapalhava o seu bem-estar: o fato de a imagem de Virginie ainda lhe perseguir.

Evitava encontrar-se com ela de todas as formas, contudo não conseguia impedir encontros fortuitos, como num sábado, à saída do metrô, quando a viu e se escondeu no meio das pessoas. Seu coração bateu acelerado e percebeu que a temperatura de seu corpo subiu. Os reflexos daquele encontro aconteceram à noite, quando pela primeira vez sonhou que fazia amor com ela.

Na manhã seguinte acordou preocupada, pois havia muito tempo não tinha sonhos eróticos e, nas vezes em que isso acontecera, era Doreen quem amava. Nunca havia sentido desejo por nenhuma outra mulher, e agora seus sonhos a traíam. Creditou isso à falta de sexo e achou que estava na hora de dar um jeito naquela parte de sua vida, precisava encontrar alguém que a fizesse esquecer de vez a dona daqueles olhos que a perturbavam tanto.

Numa tarde, após o almoço, foi até a clínica, conversar um pouco com Rosa. Tinha o costume de ir sempre lá, porque, mesmo que ela estivesse ocupada, havia Monique, que a cada dia se insinuava mais. Léo estava gostando da atenção daquela garota – saber-se desejada fazia bem para o seu ego –, no entanto evitava uma maior aproximação porque não se sentia atraída por ela.
As duas não estavam disponíveis para conversar, por isso Léo começou a andar pela clínica. Gostava de visitar e brincar com os animais que estavam sob os cuidados de Rosa. Ficou surpresa quando reconheceu Chérie numa das gaiolas; ela também a reconheceu e começou a fazer festa. Léo abriu a gaiola e pegou-a no colo. Rosa chegou em seguida e Léo perguntou:

– Por que essa linda menininha está aqui? Ela está doente?

– Agora já melhorou, mas passou por maus bocados, quase morreu. Ela está aqui porque tem que tomar um remédio de seis em seis horas, e sua dona não tem quem faça isso enquanto está trabalhando, por isso ela passa as tardes aqui na clínica.

– Mas isso é um pecado, coitadinha. Por que sua dona não contrata alguém para cuidar dela?

– Ela já tentou, mas é difícil arrumar alguém de confiança que se disponha a ser babá de cachorro.

– Quanto tempo vai durar esse tratamento?

– Acho que mais uns dois ou três meses, não sei ainda. Ela teve uma infecção séria cuja origem eu não descobri. Foi Corine quem a salvou, descobrindo que ela havia sido contaminada, provavelmente, no contato com cavalos, e pegou uma doença que raramente atinge cachorros. Corine é um gênio em veterinária.

– Eu posso cuidar dela, tenho as tardes livres, fico estudando em casa. Nós podemos nos fazer companhia, não é, Chérie? – falou, olhando para a cachorrinha, que parecia entender, e lhe respondia afirmativamente abanando o rabo.

– É uma idéia. Vou falar com a dona, eu também não acho muito bom ela ficar aqui. Clínica veterinária é lugar de doenças, e ela se recuperaria melhor em outro lugar.

No dia seguinte, Léo passou na clínica e Rosa disse que a dona de Chérie tinha aceitado a proposta. Passou o endereço para que Léo fosse buscá-la: 69, Rue de Medicis. Foi assim que Léo começou em sua nova atividade. Agora, além de pintora, transformara-se em dama de companhia de cachorro, apesar de que com Chérie as coisas não se passavam bem assim; na realidade, não se sabia quem fazia companhia para quem: a presença da cachorrinha amenizava a solidão que ela sentia e fingia não sentir.

A vida de Léo alterou-se por completo. Assistia às aulas pelas manhãs, depois passava no prédio, pegava Chérie com a zeladora e a levava para sua casa. Às vezes iam juntas passear no Jardin e, enquanto ela ficava brincando e latindo para os outros cachorros, Léo aproveitava para terminar um quadro especial que seria presente de aniversário para Corine. Quando se via brigando com as tintas, mudava de atividade e fazia desenhos e ilustrações para o jornal feminista de Ciça. Era a forma que tinha achado para colaborar, porque não freqüentava mais as reuniões do grupo para não cruzar com Virginie. De uma certa forma a vida estava seguindo tranqüila e mais alegre, principalmente depois do nascimento de seu sobrinho, que chegara ao mundo forte e saudável.

Tudo correu bem na maternidade e, para espanto de Léo, seu irmão, um machista de carteirinha, estava se saindo espantosamente bem na função de pai, tanto que, ao voltarem para casa, ele começou a dividir com Ciça os cuidados com a criança e com a própria casa. Léo olhava o modo de ele agir e acreditava que, pelo menos em casa, sua cunhada já havia ganho algumas batalhas feministas.

Antes do nascimento da criança, eles tinham tido uma grande discussão a respeito do nome que ela teria. O pai insistia que o nome deveria ser brasileiro, e a mãe queria que fosse francês, argumentando que não sabia por quanto tempo eles permaneceriam por lá e não queria que seu filho se sentisse discriminado na escola. Foi Léo que acabou com a briga sugerindo a união dos dois nomes escolhidos, e dessa forma seu sobrinho foi registrado com o nome de Luiz Thiérry.

Ciça, que até o nascimento de Thiérry nutria a esperança secreta de poder tê-lo no Brasil, disse para Léo que seu pai havia lhe contado que a abertura política prosseguia e que a censura, aos poucos, estava caindo, mas também, e talvez por causa disso, grupos paramilitares de direita andavam jogando bombas em bancas de jornais e revistas, além de sedes de jornais alternativos e editoras cujos donos eram considerados de esquerda. Contou também que as notícias de torturas continuavam e que os estudantes, pouco a pouco, começavam a sair às ruas em passeata novamente, e seu pai acreditava que as coisas estavam mudando.

Apesar de as notícias não serem muito entusiasmantes, Ciça estava contente com a possível visita de seus pais, que não via desde que saíra do Brasil. Eles nunca puderam viajar por falta de dinheiro, mas agora seu pai estava se aposentando e pretendia pegar o dinheiro da indenização para visitar a filha na França. Além de rever Ciça, queriam conhecer o neto que havia nascido.

Num domingo especialmente bonito, Léo não foi a St-Denis como costumava fazer; resolveu ir para o Jardin e continuar o quadro que pintava para Corine. Estava visivelmente contrariada naquela manhã e brigava com suas tintas. Novamente o problema era achar o tom certo para o azul do céu, que via, mas não conseguia transpor com suas tintas para a tela. Quando, surgida do nada, Chérie pulou em seu colo, Léo se assustou e exclamou:

– Chérie! Como você veio parar aqui? Você está sozinha?

Uma voz de mulher respondeu atrás dela:

– Não, ela está comigo. Desculpe, ela não costuma agir dessa forma, quando percebi ela pulou do meu colo e veio correndo até você.

Léo assustou-se ao reconhecer a voz, virou e viu Virginie parada, olhando-a tão surpresa quanto ela.

– A Chérie é sua?!

– Sim, e parece que vocês duas já se conhecem também.

– Claro, há semanas eu tomo conta dela, passamos todas as tardes juntas.

– Então você é a amiga de Rosa? A moça que ela arrumou para cuidar da Chérie?

– Sim, sou eu mesma, e nunca poderia imaginar que você fosse a dona da Chérie.

As duas ficaram um tempo olhando-se sem saber o que dizer diante daquela irônica coincidência. Foi Virginie quem quebrou o silêncio:

– Eu gostaria de agradecer o favor que você está me fazendo. A Chérie melhorou muito depois que você começou a cuidar dela, parece que ela gostou muito de você. Desculpe, mas eu realmente não sabia que era você quem ficava com ela.

– Você não tem do que se desculpar – respondeu Léo secamente.

– Como vai o seu curso nas Belas Artes?

– Bem, obrigada – tornou a falar secamente, evitando puxar assunto. Mas Virginie insistiu:

– Esse quadro que você está pintando é lindo, você captou o clima desse lugar, o colorido, as luzes. Você tem talento.

– Obrigada, parece então que em arte eu não sou tão medíocre quanto em filosofia – respondeu, com certo sarcasmo na voz.

– Desculpe por aquele dia, eu não tive tato, fui muito rude, estava nervosa e não me expressei bem. Você me pegou de surpresa e eu despejei em cima de você problemas que são meus.

– Despejou mesmo, eu não merecia, nunca a tratei mal. E depois, você sabia que filosofia não era minha área, a Ciça deve ter lhe falado.

– Claro. Falando nisso, parabéns pelo sobrinho, ele é lindo.

– Obrigada.

– Bem, acho que agora precisamos ir embora, não é, Chérie? Novamente, obrigada por você estar cuidando tão bem dela.

– De nada – respondeu Léo, em tom impessoal, tentando não deixar transparecer na voz a emoção que sentia em revê-la e falar com ela. Passou Chérie para o seu colo e desviou seus olhos dos olhos de Virginie.

Enquanto a olhava afastar-se, ficou pensando que aquela mulher tinha o dom de perturbá-la. Pensou também que era muita coincidência ela ser dona de Chérie e decidiu que no dia seguinte esclareceria aquela história.

Novamente o encontro com Virginie causou estragos na sua noite. Demorou para dormir e sonhou que a amava loucamente sob um céu todo azul. A noite foi agitada, o deus Eros andou aprontando das suas, e o que ela não sabia era que ele, jovem travesso, também brincava com os sonhos de Virginie e ria da bagunça que fazia nos sentimentos das duas.

No dia seguinte, na volta da aula e antes de buscar Chérie, Léo passou na clínica e Rosa, quando a viu, foi logo se explicando:

– Já sei, já sei, como eu podia saber que ela tinha sido sua professora? Eu nem sequer lembrava que vocês se conheciam, muito menos sabia que vocês tinham tido um desentendimento no curso.

– Então ela já conversou com você. Aquela mulher é a pessoa mais arrogante que eu já conheci, pensa que é uma Sócrates moderna ou coisa que o valha. Não tem um mínimo de sensibilidade no trato com os alunos, tratou-me mal quando fui agradecer por ela ter-me aceito no curso e falar da minha transferência, só faltou me chamar de burra. Ela sabia que eu não entendia nada de filosofia, não precisava dizer que eu era medíocre. Só não falei umas verdades para ela porque é amiga de Ciça.

Monique, que escutava atenta a conversa, fez um comentário:

– Eu acho que você devia ter falado umas verdades para ela, sim! Onde já se viu tratar você dessa forma, justo ela, uma frustrada que vive sozinha porque mulher nenhuma no mundo suportaria ficar mais que dois minutos com aquela arrogante. E, pelo que sei, a última se mandou faz tempo, bem feito para ela.

Rosa interrompeu-a:

– Vamos parar com essa conversa!? Aqui não é lugar para ficarmos falando dessas coisas, temos clientes, e você, Monique, vá para dentro e pare de jogar charme para cima de Léo, que eu a conheço muito bem. Léo, é melhor você ir embora também. Vamos fazer o seguinte: à noite você vai jantar lá em casa e conversamos melhor.

Monique, sem graça e chateada, entrou muda no consultório. Não podia responder porque Rosa era sua patroa, e Léo, percebendo a situação que havia criado, falou, desculpando-se:

– Você tem razão, Rosa, vou cuidar da minha vida e à noite a gente se vê.

Saiu e foi buscar Chérie. Na porta do prédio tocou a campainha da zeladora, como sempre fazia. A zeladora atendeu desta vez dizendo que Mme. Leblanc tinha deixado a chave para ela subir e pegar a cachorrinha no apartamento. Léo, surpresa, pegou a chave e subiu. Quando abriu a porta, Chérie recebeu-a com festa, brincou um pouco com ela, agachada na soleira, quando, não resistindo à curiosidade, resolveu entrar e conhecer o apartamento.

Ele era grande, a sala tinha dois ambientes – um fazia as vezes de sala de estar e jantar, o outro fora transformado numa espécie de escritório. Havia uma enorme mesa e, em cima dela, grande quantidade de cadernos, pastas e livros, alguns abertos, esperando que alguém continuasse a leitura. No canto esquerdo havia uma estante repleta de livros que ia até o teto; na parede à direita havia duas reproduções de quadros, uma do *Nascimento de Vênus*, de Botticelli, o outro do *A Escola de Atenas*, de Rafael.

Léo olhava para os quadros intrigada. Conseguia até entender a presença do quadro de Rafael, afinal ele mostrava as figuras de Platão e Aristóteles, filósofos que ela sabia caros a Virginie, mas aquele Botticelli a intrigava. Será que ela escondia uma alma romântica? O que estaria fazendo aquela deusa do amor desembarcando na ilha de Cítera em sua sala? Olhou durante muito tempo aquela mulher nua, que tentava cobrir seu corpo usando seus longos cabelos dourados, e não chegou a uma conclusão. Quando estava saindo, viu na mesa da sala, apoiado a um lindo vaso com flores frescas, um bilhete com seu nome sobrescrito. Abriu e começou a ler:

"Maria Leocádia,
  desculpe-me se feri a sua sensibilidade com minhas observações sobre os seus trabalhos, não foi minha intenção magoá-la com minhas críticas. Às vezes

nem eu sei por que sou tão ácida. Se lhe servir de consolo, sou muito pior comigo mesma. Queria agradecer de coração o que você tem feito por Chérie, você não imagina o que ela significa para mim. Ela agora está mais contente, engordou e está mais calma. Acho que você a seduziu, chego a ficar com ciúmes de vocês duas. Pode ficar com a chave, não tem por que ficar pegando-a com a zeladora. Você não é uma desconhecida, uma amiga de Rosa e Corine é minha amiga também.
    Obrigada, Virginie."

Léo leu e releu o bilhete. Não entendia como aquela mulher que fora tão arrogante pessoalmente podia ser tão diferente por escrito. Ela a desconcertava. Parou diversas vezes na frase do ciúmes. De quem será que ela tinha ciúmes? Dela com Chérie ou de Chérie com ela? Ficou intrigada. Resolveu responder ao bilhete. Foi até a mesa do escritório, pegou uma folha em branco de um dos cadernos abertos e resolveu declarar paz. Ela cuidava da Chérie e aquela mulher a fascinava, e por mais que fizesse esforço não conseguia parar de pensar naqueles olhos noturnos que mexiam com todos os seus sentidos, levando-a à loucura em algumas noites. Pegou um lápis e escreveu:

"Virginie,
    eu é que tenho que pedir desculpas para você, levei muito a sério suas observações, no fundo você tem razão, sou uma negação em filosofia. Que tal acabarmos com essa história? Se você não se importa, tenho levado Chérie comigo para onde vou, hoje vamos passear pelas margens do Sena, vou ver umas barraquinhas, estou procurando reproduções dos quadros de Artemísia Gentileschi. É sobre a vida dessa pintora italiana do século XVII que estou desenvolvendo a minha tese. Amigas?
    Léo.
    PS: Todos os meus amigos me chamam de Léo, é mais fácil."

Apesar da curiosidade em conhecer o resto do apartamento, conteve-se e saiu com Chérie rumo àquelas barraquinhas que vendem livros, fotos e reproduções ao longo do rio Sena, que fazem parte da paisagem parisiense e escondem verdadeiros tesouros para quem tem paciência de garimpar. Naquela tarde Léo não teve sorte, não encontrou nada que pudesse ajudá-la na pesquisa, por isso voltou para o seu apartamento e passou o resto do tempo lendo na companhia de Chérie. No final da tarde levou-a de volta, mas desta vez não entrou no apartamento, apenas abriu a porta para ela entrar.

À noite foi jantar na casa de suas amigas. Corine, sabendo que ela iria, preparou um delicioso suflê de aspargos que devoraram junto com uma garrafa de vinho. Durante o jantar, Léo puxou o assunto e ficou sabendo que elas conheciam Virginie havia três anos e que a amizade estreitou-se quando a professora caiu em depressão por ter sido abandonada por uma namorada argentina, que de uma hora para outra deixou-a e voltou para o seu país.

Corine, para ajudá-la, resolveu testar uma de suas idéias: a companhia de animais de estimação ajuda na recuperação de doentes e pessoas fragilizadas. Foram elas que deram Chérie para Virginie. A experiência deu certo, ela caiu de amores pela cachorrinha e os cuidados com ela e sua companhia fizeram-na sair daquele estado depressivo em que se encontrava.

– Será mesmo que ela superou a decepção?! Ela age de modo estranho, algumas vezes é fria e distante, outras atenciosa e até carinhosa. É muito estranha, para mim é uma incógnita.

– Sabe, Léo – falou Rosa –, a vida de Virginie não foi fácil. Ela nasceu na Argélia no fim da guerra. Sua mãe era uma professora argelina e seu pai, um repórter fotográfico francês. Eles envolveram-se com política e, durante a guerra da Argélia, ajudaram as forças da Frente de Libertação Nacional. Em 1958, quando os conflitos estavam no auge, a mãe dela foi presa e morreu na cadeia dias depois. Seu pai trouxe-a para a França e ela foi criada pelos avós. Parece que seu pai voltou para a Argélia e morreu também dois anos depois. Ela teve uma vida difícil, seus avós eram pessoas do campo, sem recursos, viviam como podiam numa pequena propriedade na Borgonha. Até hoje ela tem que ajudar o seu avô. Virginie precisou lutar muito para chegar aonde chegou.

– Mesmo assim, não são motivos para que seja tão arredia e distante.

– Não é bem assim, Léo. Ela não deve ter tido uma infância fácil, não era como qualquer menina francesa e, se já é difícil para uma menina pobre estudar, imagine para quem era uma mestiça. Você acha que só nós latino-americanos é que temos problemas? A França ainda amarga os excessos de sua expansão imperialista, a Guerra da Argélia é um deles, e ainda hoje esse assunto é tabu. Durante e depois da guerra, milhares de colonos tiveram que retornar e ainda são discriminados, são chamados de *pied-noir*, uma forma de obrigá-los a reconhecer que misturaram seu sangue, em terras africanas, com negros e árabes, e que têm um pé na África. Por isso eles não são considerados franceses comuns, dizem que eles sujaram seus pés. Sabe, Léo, o preconceito e a discriminação não são privilégio de um único povo, nossos queridos e belos franceses também não podem se orgulhar de tudo do seu passado, não é, Corine?

– Rosa tem razão, Léo. O que falou é exato, mas aos poucos nós estamos passando nossa história a limpo. A França precisa exorcizar seus fantasmas, o processo é lento, existem muitas feridas abertas ainda, mas vamos chegar lá, tenho esperanças. Agora, se vocês me dão licença, vou até a cozinha preparar um café para nós.

Quando ela se afastou Rosa segredou baixinho para Léo:

– Corine não gosta muito desses assuntos do passado, ela viveu a Segunda Guerra e sofreu muito. Na realidade sua família só sobreviveu porque conseguiu esconder sua ascendência judaica por um bom tempo.

Chegando em casa, Léo começou a pensar em tudo o que ouvira sobre a vida de Virginie. Agora entendia qual a origem daqueles olhos e cabelos negros que tanto a encantavam: era a lembrança que ela trazia de seus antepassados argelinos. Saber da infância de Virginie fê-la recordar a sua; não eram lembranças muito boas e ela se entristeceu.

Léo sempre soube que fora concebida como uma última tentativa para salvar o casamento de seus pais, mas isso não aconteceu e seu nascimento representou o último suspiro daquela união.

Após seu nascimento, as brigas de sua mãe com a avó e com o pai aumentaram de tal forma que ela decidiu se separar, para desespero de sua sogra, que não admitia uma separação na família. Depois de muitas conversas e desentendimentos, as famílias decidiram que sua mãe iria, junto com os dois filhos mais velhos, morar no apartamento do Rio de Janeiro, e os três mais novos ficariam sob a guarda da avó paterna. Pelo acordo, sua mãe receberia uma mesada para se sustentar e para manter o padrão de vida, mesmo porque era necessário que a sociedade mineira imaginasse que ela estava indo apenas acompanhar os estudos dos filhos mais velhos na capital do país.

Satisfeito com o arranjo, seu pai acabou também podendo viver a vida como queria e, como sempre fora ligado à terra, mudou-se para uma de suas fazendas, a Fazenda Pedra Grande, a maior de todas e a única onde criava cavalos, sua paixão. A fazenda ficava na região de Cordisburgo, e foi lá que Léo passou a maioria de suas férias escolares. Adorava aquele lugar, principalmente porque podia vestir-se à vontade. Era lá que trocava os vestidos bordados da cidade, que sua avó a obrigava a usar, por calças rancheiras, nome que se dava na época às calças jeans. Para ela, a vida na fazenda significava liberdade; lá podia passar os dias brincando com Rex, seu cachorro, nadando no rio ou pintando paisagens com as tintas e pincéis que seu pai comprava, incentivando desde cedo sua tendência artística.

A vida de sua mãe no Rio de Janeiro, ela acompanhava pelas revistas que chegavam a Belo Horizonte. Laura, sua mãe, era agora uma linda mulher vivendo a vida que sempre sonhara. Morava numa cidade mundana, onde os rapazes passeavam em reluzentes Cadillacs por Copacabana, mostrando seus corpos atléticos, vestidos de mocassins brancos, camisas Ban-Lon e óculos Ray-Ban. A ex-Miss Minas Tênis Clube deixara de ser uma mulher provinciana e passara a vestir-se seguindo a moda que vinha de Paris. Desfilava pelas noites seus vestidos redingote e sonhava figurar na lista das "dez mais", que o colunista social da revista *O Cruzeiro*, Jacinto de Thormes, publicava todos os anos.

Sua mãe freqüentava todos os lugares considerados grã-finos, como o Golden Room do Copacabana Palace, a boate do Hotel Vogue e o Bar do Sacha's, onde assistia a shows como o de Juliette Gréco, a musa dos existencialistas. Para fazer parte desse "café society" carioca, aliou-se a um jovem colunista social chamado Ibrahim Sued, que futuramente teria uma coluna social tão disputada quanto a do Jacinto, na revista *Manchete*, que fora lançada para rivalizar com a famosa *O Cruzeiro*.

Foi por essas revistas e pelas fofocas das colunas sociais mineiras que Léo pôde acompanhar a vida de sua mãe, tendo inclusive, durante um tempo, colecionado os recortes com a fotografia dela num álbum, como se fosse uma estrela de cinema.

Sua avó, a cada nova notícia que saía, tinha um ataque de nervos, berrava com todos na casa, principalmente com Léo, a quem culpava pela falência do casamento de seus pais, uma mentira que a magoava muito. Nessas horas, chamava os netos na sala e lhes dava uma palestra em que explicava a que tipo de família eles pertenciam, e obrigava-os a jurar que nunca iriam jogar o nome da família na sarjeta, como a mãe deles estava fazendo. Seu pai nunca ligou para as notícias, ao contrário, sentia-se livre para continuar tendo as diversas amantes que sempre tivera.

Léo, a mais nova das três crianças, não entendia por que sua mãe vivia longe deles, mas não sofria tanto quanto seus irmãos com a situação, talvez por estar acostumada desde bebê a viver sem ela. Luiz e principalmente Lúcia eram os que mais sofriam. Lúcia negava-se a falar da mãe para Léo; nunca a perdoou por tê-los abandonado e sempre dizia que por um filho faria tudo na sua vida.

Léo recordava-se de ter visto sua mãe pessoalmente uma única vez no casarão, quando tinha dez anos. Naquela tarde, Benedita entrara em seu quarto e pedira para ela colocar o seu melhor vestido, porque tinha visita na sala. Quando perguntou quem era, respondeu que era sua mãe. Lembra-se de ter ficado muito nervosa, e a cena daquele encontro ainda está em sua memória, em todos os detalhes.

Ao chegar à sala, viu uma mulher parada de costas, olhando distraída um quadro na parede. Ela estava com um vestido muito bonito e elegante. Léo observou-a por um bom tempo sem que ela percebesse, não sabia o que fazer nem como deveria chamá-la.

O encontro foi constrangedor para ambas. Léo não sentiu nada quando ela a abraçou e a beijou, foi como se recebesse um cumprimento de uma estranha. Quase não falaram, e seu desconforto durou até seus irmãos também entrarem na sala. Luiz, entre choroso e zangado, apenas estendeu-lhe a mão. Lúcia não se aproximou, cumprimentou-a de longe, pegou Léo pela mão e saiu com ela da sala sem dizer nada.

Tempos depois, soube que sua mãe havia estado em Belo Horizonte para tratar da herança de seus pais, que haviam falecido num acidente de carro: seus outros avós que ela nunca via. Essa foi a primeira e a única vez em que Léo esteve com sua mãe; depois de um tempo soube que ela e seus irmãos mais velhos haviam se mudado para os Estados Unidos, e as notícias que chegavam eram poucas. Alguns anos antes, ficou sabendo que seus irmãos haviam se casado e que sua mãe havia se mudado para Los Angeles, ela não sabia se sozinha ou com algum namorado.

O tempo foi passando e um novo tipo de relação estabeleceu-se entre Léo e Virginie. Como não se encontravam por causa dos horários, passaram a conversar por bilhetes e neles contavam tudo o que acontecia em suas vidas, o dia-a-dia, coisas que viam ou faziam. Por vezes os bilhetes acabavam sendo verdadeiras cartas em que emitiam opiniões sobre a vida e os acontecimentos do mundo e, na maioria das vezes, seus pensamentos coincidiam.

Era uma estranha relação, mas Léo gostava, porque a Virginie dos bilhetes era doce, carinhosa, às vezes até brincalhona, muito diferente daquela que havia conhecido ao vivo. Mas uma única coisa a chateava, o fato de Virginie evitar encontrá-la. Por diversas vezes, ao comentar um filme que iria assistir, convidou-a para irem juntas, mas ela sempre respondia inventando uma desculpa plausível para evitar o encontro. A prova definitiva de que ela não queria um contato pessoal, Léo teve na festa de batizado do seu sobrinho.

Os pais de Ciça finalmente conseguiram viajar e, quando chegaram, fizeram questão de batizar o neto. Ciça e Luiz não se opuseram, porque, apesar de não terem religião, não viram problemas em agradar aqueles avós, que vieram de tão longe e com tantas dificuldades para conhecer Thiérry. Foi assim que outra vez a casa de St-Denis abriu-se para uma festa, e desta vez a comemoração tinha um atrativo a mais que empolgava a todos: feijoada com caipirinha, cujos ingredientes a mãe de Ciça havia trazido do Brasil a pedido dela.

Os franceses presentes estavam curiosos para experimentar aquele prato tão comentado pelos brasileiros, mas o que fazia sucesso era a bebida à base de pinga, açúcar e limão, a famosa caipirinha, preparada por Léo, que havia assumido essa incumbência na festa e estava adorando, porque podia dessa forma beber à vontade.

Para os exilados brasileiros, a festa com feijoada e caipirinha tinha gosto de Brasil. Ciça comentou com Léo que, quando convidou Freitas, um velho militante comunista que estava havia muitos anos no exílio, para a festa, e disse a ele que teria feijoada e caipirinha, seus olhos encheram-se de lágrimas. Léo estranhou, a princípio, a reação dele, mas depois entendeu que, diferentemente dela, que estava distante de seu país por opção, ele havia sido expulso de sua pátria e obrigado a vagar pelo mundo, sem poder voltar para casa, para suas raízes, e que, às vezes, o gosto de uma comida é suficiente para confortar um coração saudoso.

Ciça comentou que viver exilado poderia ser uma experiência traumática para algumas pessoas. Disse que conheceu muitos companheiros que não agüentaram a barra. Contou a história de uma companheira de luta que, um mês depois de chegar à França, suicidou-se. Por isso dizia ser importante a existência do Comitê de Ajuda aos Exilados. Era um lugar onde se podia encontrar solidariedade e abrigo, além de ajuda terapêutica feita por psicólogos franceses voluntários.

Ciça dizia que essa ajuda era muito importante, pois as seqüelas psíquicas das torturas sofridas por muitos deles eram mais profundas que as marcas e cicatrizes que traziam no corpo, e comentou que o trabalho no Comitê de Ajuda havia aumentado nos últimos tempos com a chegada dos argentinos, que agora se juntavam a dezenas de brasileiros, paraguaios, chilenos e uruguaios.

Léo havia ido para a festa animada porque sabia que Virginie estaria presente. Pensava que talvez pudesse quebrar o muro de cartas e bilhetes que ela havia erguido entre elas. O ambiente dessa vez era animado, com músicas novas dos discos que a mãe de Ciça havia trazido, que agora se alternavam com os antigos. Virginie chegou acompanhada de um casal francês. Léo ficou empolgada, mas aquela felicidade foi curta, durou o tempo de ser cumprimentada por ela de longe, e apenas com um aceno.

Léo tentava, em vão, capturá-la com o olhar, mas ela se refugiou no fundo do quintal e evitava os olhares, o que a deixou extremamente triste. A certa altura da festa, Léo, alterada pelo efeito da bebida, descontrolou-se diante da indiferença de Virginie e trancou-se no banheiro para chorar escondida.

Vindo do quintal, Léo ouviu a voz de Gal Costa cantar "Baby" e pensou que, se Virginie entendesse português, saberia que o que ela sentia era o mesmo que Gal cantava alto para todos da festa ouvirem... "Você precisa saber de mim, baby, baby, eu sei que é assim... Não sei, leia na minha camisa, baby, baby, *I love you*"...

Léo voltou para o quintal e percebeu que Virginie parecia não estar ouvindo a música nem se importar com a presença dela. Quem estava havia muito tempo interessada nela, e aproximou-se, foi Monique, que, percebendo sua tristeza, passou a ajudá-la com a caipirinha e a tratá-la com extrema gentileza e carinho. Léo, carente e ressentida, começou a aceitar as atenções de Monique e a retribuí-las. No fim da festa elas voltaram juntas e Monique convidou-a para ir até sua casa. Léo aceitou o convite e acabaram passando a noite juntas.

Monique era uma garota livre que não pensava em se prender a alguém. Sempre dizia a Léo que queria apenas viver o bom que a vida lhe trouxesse e que odiava compromissos. Ela era a pessoa perfeita para Léo naquele momento, e começaram um relacionamento ideal para as duas. Monique tinha companhia, e Léo, alguém que supria suas carências.

Começar a namorar Monique fez Léo conhecer um lado de Paris que até então desconhecia, a vida noturna. Monique adorava dançar e elas passaram a freqüentar diversas discotecas e boates, a shows e ao cinema. Era dessa forma que Léo tentava esquecer Virginie – divertindo-se e conhecendo outras pessoas. Gostava de Monique e com ela conseguiu colocar sua vida sexual em dia, mas sabia que nunca se apaixonaria por ela. O que a encantava naquela francesinha era a sua forma moderna de ser, sempre ligada no seu tempo. Tinha um modo descompromissado de viver a vida, diferentemente de Léo, que sempre agia com seriedade.

Depois da festa de Thiérry, Léo mudou sua relação com Virginie. Quase não escrevia bilhetes e passou a ser muito concisa nas respostas a seus bilhetes. Tentava afastá-la de sua vida impondo certa distância, mas, um dia, Virginie pediu a ela que passasse as tardes em seu apartamento. Argumentava que era melhor para Chérie, e sugeriu a Léo que levasse seu material de pintura, seus livros, e trabalhasse no apartamento.

Léo, mesmo estranhando o pedido, aceitou-o por achá-lo prático, pois não precisaria mais ficar indo e vindo de sua casa para a dela e vice-versa, e, aos poucos, foi levando seu material de pintura e seus livros. Quando saía do apartamento, à tarde, tentava deixar tudo arrumado, mas sabia que suas coisas estavam ocupando cada dia mais espaço, porque, sem perceber, havia transformado a sala de Virginie num ateliê improvisado, mas ela parecia não se incomodar com isso.

Certa tarde, quando chegou ao apartamento, notou que Virginie havia mudado os móveis de lugar e arrumado um canto da sala apenas para ela, colocando seus livros sobre uma mesa, perto de uma poltrona, e seu cavalete perto da janela. Léo a cada dia se surpreendia mais com as atitudes dela e concordava com Monique, que dizia que aquilo tudo era um absurdo. Mas não conseguia dizer não para aquela situação e sentia-se mal, pois passava as tardes tendo os pertences de Virginie a envolvê-la, e as noites na cama de Monique. Sentia-se uma traidora, e aquela situação lhe fazia mal.

Léo sabia que o relacionamento com Monique, em vez de diminuir o desejo que sentia por Virginie, o havia aumentado. Nas tardes em que se sentia muito só, Léo entrava no quarto de Virginie apenas para sentir sua presença. Sentava-se na cama sempre bem-arrumada e ficava lendo um livro. Conhecia de cor todos os detalhes daquele quarto, já decifrara de quem eram as duas fotos na mesa de cabeceira. Numa delas, onde se via um homem de barba, alto e louro, abraçado a uma mulher de origem árabe muito bonita, concluiu que eram seus pais, e na outra, com um casal idoso, só poderiam ser seus avós. Algumas vezes se flagrava ridiculamente abraçada ao travesseiro dela, tentando sentir seu cheiro e, nessas horas, assustava-se com o grau de amor e desejo que a invadia.

Junho já ia adiantado, e o verão parecia querer chegar com pressa, pois fazia muito calor. Léo, por causa disso, passou a passear com mais freqüência com Chérie. Numa tarde, quando voltaram do passeio, percebeu que não havia comida para dar a ela. Virginie sempre deixava a comida pronta na geladeira, porque desde que passara a ficar no apartamento sua tarefa era dar comida para a cachorrinha antes de ir embora.

Naquele dia não havia comida. Com pena de Chérie, resolveu ela mesma cozinhar. Foi para a cozinha, abriu armários e encontrou o que precisava: arroz, legumes e carne moída. Começou a prepará-la, da forma como vira Benedita cozinhar para o seu cãozinho Rex na fazenda. Chérie, animada com o cheiro da carne que fritava, não parava de pular e pedir um pouco. Léo cedeu e deu um aperitivo para ela, que depois permaneceu sentada na cozinha esperando a próxima porção, e só sossegou quando recebeu a comida em sua vasilha.

Léo lavou e arrumou tudo o que havia sujado, e deixou a comida na panela para que Virginie guardasse da forma como costumava fazer. Depois foi até a mesa e pegou um papel, onde escreveu:

"Virginie,
  hoje precisei mexer nas suas coisas de cozinha.
Chérie voltou com fome da rua e não havia comida pron-

ta na geladeira, por isso resolvi fazer. Acho que ela aprovou o meu tempero. Estou pensando em ir para a Itália nas férias, preciso acabar a minha pesquisa sobre Artemísia. Dizem que esse verão vai ser muito quente, acho que vou aproveitar e conhecer também as praias de lá. Você conhece a Itália? Sei que não adiantaria convidá-la para viajar comigo porque você não aceitaria, mas acho que gostaria, afinal você parece apreciar os pintores renascentistas. Deixei a panela no fogão e limpei tudo. Até amanhã, um beijo,
    Léo"

No dia seguinte, encontrou a seguinte resposta àquele bilhete:

"Léo,
    o que você colocou na comida da Chérie para ela ficar tão gostosa? Quando cheguei em casa não pude resistir ao cheiro e confesso que acabei experimentando um pouco. Tive de me conter para não comer mais, Chérie não iria gostar. Não precisa ficar preocupada, pode mexer em tudo que precisar. Você já faz parte desta casa, sinto sua presença quando chego à noite. É muito bom saber que você esteve aqui. Chérie e eu agradecemos a comida. Eu não conheço a Itália, ela deve ser linda no verão. Beijos,
    Virginie."

Havia muito tempo Léo tinha a impressão de que elas namoravam através dos bilhetes. Achava aquilo uma loucura, mas a alimentava porque era a forma que encontrara de senti-la perto, de saber de sua vida e partilhá-la. Não tinha mais nenhuma dúvida de que amava aquela mulher, mas sabia que aquele amor não tinha futuro; contudo era impossível não sonhar que um dia viveria junto com ela e a amaria naquela cama que sempre via vazia.

Contente pelo elogio à sua comida, resolveu fazer uma surpresa. Como cozinhava bem – herança das aulas de culinária do colégio de freiras –, pegou Chérie e foi até o mercadinho comprar os ingredientes de que precisava para preparar um jantar. Passou no seu apartamento, pegou o que sobrara do feijão e da farinha de mandioca que a mãe de Ciça lhe dera de presente, e resolveu fazer um tutu de feijão quase à mineira. Como não achou torresmo nem couve, acompanhou-o com arroz, bistecas de porco, ovos fritos e banana à milanesa.

Gastou a tarde inteira preparando a comida, depois sentou-se na poltrona e ficou triste ao pensar que não iria jantar com ela. Sabia que aquele também era um sonho impossível, além do mais tinha um compromisso com Monique – assistir um show –, mas se pudesse trocaria tudo o que possuía apenas para passar algumas horas ao lado de Virginie.

Triste, levantou da poltrona e pegou uma folha para escrever um bilhete. Olhava para o papel em branco e não sabia o que escrever: "Fiz o jantar para agradá-la porque amo você" ou "Quando fazia o jantar sonhava que nos amávamos e morávamos juntas". Por mais que tentasse não conseguia pensar no que dizer, tudo o que não fosse para expor seus sentimentos soava falso. Resolveu ser sucinta:

"Virginie,
não precisa ficar com inveja da Chérie... Vá até a cozinha que eu preparei uma comida diferente para você também.
Beijos, Léo."

Depois do show, ela foi até a casa de Monique, mas não ficou com ela. Inventou uma desculpa e foi para a sua casa. No dia seguinte, quando entrou no apartamento, foi direto à mesa, porém, além do vaso com lindas rosas vermelhas, não encontrou mais nada. Ficou frustrada por ela não ter deixado um bilhete e foi até a cozinha para ver se tinha experimentado a comida. Em cima do fogão havia um bilhete:

"Léo,
você me surpreende a cada dia. Quantos talentos você possui? Sabe lidar com as tintas, com os cães, e agora mostra que sabe lidar com os alimentos. A comida estava dos deuses, nunca comi algo igual. Você se daria bem com meu avô, ele também cozinha maravilhosamente. Não sei como retribuir, tenho poucas habilidades e acho que nenhum talento, passei a vida inteira em salas de aula e bibliotecas. Por isso comprei um presente para você, espero que goste. Ele está em cima da mesa do escritório. É pouco, perto do que você merece. Obrigada, de coração. Um beijo,
Virginie"

Léo, curiosa, correu até a sala. Lá encontrou um embrulho bonito e, dentro dele, um livro de arte italiana com um capítulo todo dedicado a Caravaggio, além de uma dedicatória: *"Artistas maravilhosos para uma artista maravilhosa e de inúmeros talentos"*. Léo sentou-se na poltrona e começou a chorar. Estava cada dia mais difícil guardar dentro de si o amor que sentia por ela. Tinha medo de se declarar, os bilhetes dela eram dúbios, não sabia o que ela realmente sentia, nem o que fazer.

O que Léo não poderia imaginar era que a deusa do amor de Botticelli olhava para ela não apenas do quadro na parede, e lhe reservava surpresas para o fim de semana.

Na sexta-feira, depois de ficar com Chérie, Léo foi até a clínica para encontrar-se com Monique. Estava sentada, esperando-a terminar seu trabalho, quando Virginie entrou com Chérie no colo. Pega de surpresa, não soube como agir, sentiu-se tímida e constrangida ao cumprimentá-la. Virginie também ficou sem ação. Monique, percebendo o constrangimento das duas, tomou conta da situação e, adiantando-se a Virginie, falou para Léo:

— Léo, meu amor, pegue a Chérie e traga-a para mim, ela vai tomar banho. Não fique preocupada que eu não vou demorar, você sabe que nunca me atraso para o nosso cinema.

Virginie olhou para Léo e depois para Monique e, visivelmente contrariada, disse para ela:

— Não precisa se preocupar, Monique, eu posso trazê-la amanhã. Não quero estragar o programa de vocês.

— Imagine, a senhora não está atrapalhando. Esse é o meu serviço, e depois Léo me espera, não é, amor?

Mais constrangida ainda, Léo só conseguiu responder afirmativamente com a cabeça.

— Está certo, depois eu volto para buscá-la. Até logo — foi o que Virginie disse, saindo sem olhar para Léo, que não entendia por que Monique agira daquela forma, fazendo questão de insinuar que havia algo entre as duas.

— Por que você me chamou de amor na frente dela?

— Porque eu queria que ela soubesse que nós estamos juntas, ora! Não gosto do jeito como ela olha para você.

— Que jeito? Não estou entendendo.

— Não se faça de boba, Léo. Você pensa que eu não percebo que existe alguma coisa entre vocês? Não sei o que é, mas lembro muito bem que você a olhava muito na festa do Thiérry. E ela, meio que disfarçando, olhava também, que eu vi.

— Acho que você viu coisas, eu não tenho nada com ela.

— Pode ser, mas quem garante que ela não está interessada em você? Pedir para você ficar usando o apartamento dela como estúdio! Isso é muito estranho, e depois andei ouvindo umas conversas dela com a Rosa em que ela dizia que tinha se apaixonado, mas que estava fazendo de tudo para não se envolver.

– E por que você acha que ela estava falando de mim?
– Não sei, acho que é intuição... Ela disse que a tal era estrangeira, e era justamente isso que estava causando confusão. Ela dizia que não queria mais se envolver com estrangeiras, que não queria ser abandonada mais.
– Monique, você já se deu conta do número de mulheres estrangeiras que vive em Paris?! É melhor você esquecer essa história e ir cuidar da Chérie, senão vamos nos atrasar mesmo. Não quero perder *Esse obscuro objeto do desejo*, do Buñuel.
– Está certo, mas não sei o que você vê nesses seus diretores preferidos. Esse, por exemplo, não fala coisa com coisa, é um louco. Onde já se viu o desejo ser obscuro, para mim é bem claro. Mas vamos deixar para lá, depois você me explica melhor essas coisas.

Monique saiu da sala e, enquanto esperava por ela, Léo ficou pensando que sabia bem do que Buñuel falava. Para ela o desejo era difícil de ser entendido, ficava escondido nas sombras, atrás de bilhetes e nos sonhos que tinha em sua pequena cama. Era um desejo que nunca se realizava. Sabia que nem sempre se faz sexo por desejo. Ela por exemplo transava com Monique mas não a desejava; no entanto o desejo que sentia por Virginie ultrapassava o sexo, era uma coisa de alma, sexo para além do sexo. Era uma vontade de possuí-la para sempre, de fundir-se a ela, de viver as pequenas coisas mais banais do cotidiano, de pertencer a ela. Essa era a loucura em que vivia. Talvez Monique tivesse razão, mas se Buñuel era louco, ela se achava muito mais que ele.

Monique terminou seu serviço e elas saíram rumo ao Cine Odéon. Depois do filme foram jantar num dos cafés do Boulevard St. Germain e, na volta, Léo inventou uma desculpa para não ir ao apartamento de Monique. No caminho para a sua casa decidiu que estava na hora de colocar um final naquele seu namoro. Não achava justo usá-la para esquecer Virginie, mesmo porque não estava surtindo efeito. Ao contrário, toda vez que faziam amor pensava em Virginie e a amava em Monique. Não era decente de sua parte estar com ela desejando outra. Pensou muito e decidiu que no dia seguinte, após a festa de aniversário de 60 anos de Corine, explicaria tudo e acabaria com aquele relacionamento.

Naquela noite Léo ficou rolando na cama, a imagem de Virginie invadia seu quarto, seus pensamentos. Os olhos de ônix apareciam na sua frente e perturbavam-na, sentia-se sendo levada pela mão por Volúpia, filha de Eros, e o desejo a invadia incontrolavelmente. Estava cansada daquela relação platônica, ela poderia ser interessante para Platão e seus seguidores, mas para ela não estava dando certo. Queria ter Virginie, e bem concretamente.

Léo dormiu mal e acabou acordando cedo. Enquanto comia no seu café de sempre, resolveu ir até a casa de Virginie e declarar-se para ela. Decidida, engoliu o último gole de café e saiu rumo ao apartamento da Rue de Médicis.

Léo bem que tentou, mas a coragem desapareceu assim que se viu em frente ao prédio dela. Ficou durante um tempo olhando-o, mas teve medo de subir porque não sabia como seria tratada. Conhecia o poder de frieza daqueles olhos negros e não queria ser ferida novamente por eles. Andou até o Jardin, sentou-se e ficou se recriminando por sua covardia. Passado um tempo resolveu que o melhor que tinha a fazer era deixar as coisas como estavam, e seguiu de volta para sua casa.

Estava arrumando suas coisas, quando lembrou que não tinha roupa adequada para a festa daquela noite. Olhando o guarda-roupa, viu que só havia roupas de inverno, e fazia calor. Decidiu então sair e comprar uma roupa nova.

Andou bastante olhando as vitrines. Tudo era muito bonito e estava difícil escolher. Por fim decidiu-se e entrou numa loja onde uma vendedora mostrou-lhe um conjunto que achou perfeito, e garantiu-lhe que com aquela roupa estaria na última moda, por isso resolveu comprá-la. Pagou caro pelo conjunto de pantalona e blusa pretas. Na realidade sabia que estava pagando pela etiqueta, e não pelo tecido, porque o conjunto era bem simples. Mas a roupa lhe caiu muito bem e ela percebeu que a cor preta realçaria a única coisa que gostava em si, seus cabelos compridos cor de mel. Léo não ligava para a sua beleza, mas sabia que era bonita. Desde mocinha sempre lhe falavam que ela era a filha que mais se parecia com sua mãe.

Voltou para o seu apartamento e resolveu preparar-se para a noite. Encheu a banheira e tomou um banho bem demorado com os sais que Monique havia lhe dado de presente. Ela era fanática por produtos de beleza e vivia lhe dando xampus, cremes e perfumes que ela raramente usava, mas que agora estavam tendo utilidade. Fez escova nos seus cabelos lisos – normalmente usava-os presos num rabo de cavalo, mas sabia que eles ficavam mais bonitos soltos. Léo, que nunca fora o que se pode chamar de uma mulher vaidosa, olhou no espelho e reconheceu que morar na França e ter à mão aqueles produtos ajudava muito.

Vestiu a roupa, mas achou que faltava uma pincelada de cor nela. Foi até sua mala, que guardava em cima do guarda-roupa, e, de um bolso interno, pegou um colar de duas voltas que havia ganho de Doreen no último aniversário que passaram juntas. Colocou-o e aprovou, a beleza e o colorido das pedras brasileiras deram o efeito

pretendido. A campainha tocou. Léo abriu e Monique entrou, falando espantada:
— Aonde você pensa que vai vestida assim?
— Por quê? Está ruim?
— Ruim!? Você está linda demais, quem você está querendo seduzir?
— Não estou querendo seduzir ninguém, veja só quem fala! Você está linda também, anda sempre elegante, eu é que não queria fazer feio. Vocês francesas vestem-se muito bem, eu ando de qualquer jeito, na maioria das vezes com a roupa suja de tinta. Você queria que eu fosse de jeans e camiseta?
— Está bem, faz de conta que eu acreditei na sua história... Agora é melhor irmos, estou curiosa para saber o que Rosa preparou para Corine. Ela passou a semana inteira para cima e para baixo providenciando comida, bebidas, flores, e estava desesperada porque não encontrava um disco, sei lá com que música. Mas acho que a festa vai ser ótima, só espero que não seja embalada por aquelas músicas antigas de que ela gosta... Detesto músicas românticas, gosto mais de discoteca.

Elas saíram e caminharam até o metrô. Ainda estava claro, os dias estavam ficando cada vez mais longos. Rosa e Corine moravam num confortável apartamento no *7º arrondissement*, perto da Torre Eiffel. No caminho, Léo ia pensando que Monique tinha razão, havia se vestido para impressionar Virginie, queria mostrar-se bonita para ela, queria seduzi-la.

Quando chegaram a festa já estava animada. Ao contrário do que imaginava Monique, as músicas que se ouviam eram modernas. O ambiente era exclusivamente feminino, havia mulheres de todas as idades, nacionalidades e etnias. Léo gostou daquele gineceu francês. Olhava em volta e via mulheres dançando, conversando e namorando num ambiente descontraído. Procurava Virginie com o olhar, e acabou encontrando-a no fundo da sala, conversando num grupo. Das mulheres que estavam com ela, reconheceu apenas uma, que já tinha visto no grupo feminista de Ciça.

Léo olhava de longe, na esperança de que ela a visse, para poder cumprimentá-la, e reparava que, apesar de existirem muitas mulheres bonitas na festa, nenhuma era mais interessante para ela do que Virginie, que naquela noite estava especialmente bonita.

Passado um tempo, Virginie olhou para Léo e, ao contrário das vezes anteriores, ao cruzar seus olhos com os dela, não desviou. Léo sentiu seu coração bater em falso, suas mãos suarem e o desejo invadir seu corpo. Monique, quase que imediatamente, puxou-a para outro lado e levou-a até Corine, para que ela lhe entregasse o presente.

Depois dos beijos de felicitações, Corine abriu o embrulho, e dele saiu um quadro, que retratava uma linda manhã primaveril num dos recantos do Jardin du Luxembourg. Corine deu um grito de alegria e surpresa, e falou em voz alta, chamando a atenção de todas:

– Meninas! Olhem o que eu ganhei da Léo, uma verdadeira obra de arte que ela pintou exclusivamente para mim. Fiquem de olho nessa menina, ela vai longe, tenho certeza.

Algumas mulheres aproximaram-se para ver o quadro de perto, entre elas Virginie, que, olhando-o com atenção, perguntou para Léo:

– Esse não é o quadro que você estava pintando naquele dia em que a Chérie pulou em cima de você, no Jardin?

– É, sim, não imaginava que você se lembrasse dele.

– É verdade, você nunca o levou lá para casa, mas lembro que estava às voltas com o tom de azul perfeito para o céu. Você conseguiu, parabéns! Esse é o azul do céu de Paris.

– Obrigada, demorei muito até chegar a esse tom. O céu de Paris me fascina, não me pergunte por quê, eu só consegui terminá-lo nesta semana, depois que o sol aumentou e a luz ficou mais forte.

– Uma coisa eu não entendo... Por que você, sendo uma impressionista, foi se interessar por Artemísia Gentileschi, pintora de estilo tão diferente?

– Eu não sabia que você conhecia os quadros dela.

– Conheço um quadro só, uma reprodução que vi entre suas coisas. Desculpe, mas não pude resistir e andei mexendo nos seus livros.

Corine, que ouvia a conversa atenta, perguntou:

– Quem é essa tal de Artemísia de quem vocês estão falando? Nunca ouvi falar dessa pintora.

– Ela não é muito conhecida, Corine, é justamente por isso que pesquiso sua vida. Para falar a verdade o que mais me atraiu não foram os seus quadros, que são lindos, mas o fato de ela ter vivido como pintora no começo do século XVII, uma época em que as mulheres no máximo conseguiam ser modelos. E depois, a vida dela foi cheia de dores e tragédias, e ela conseguiu transmitir toda essa dor para suas telas. Seus personagens têm expressões impressionantes, principalmente as mulheres.

– Me conte um pouco sobre ela, agora fiquei curiosa.

– Bem, eu vou resumir, mesmo porque há ainda muita coisa para descobrir, e é isso que estou tentando fazer com minha pesquisa. Vamos ver... Ela nasceu em Roma, era filha de um pintor chamado Orasio, que tinha uma importante escola: por seu ateliê passavam muitos jovens que almejavam aprender sua técnica. Ele era um seguidor de Caravaggio, e ela aprendeu a pintar vendo o pai. Numa noite, um dos alunos do ateliê violentou-a, mas como ele era filho de uma família importante, ela foi obrigada, depois de sofrer torturas, a assumir a culpa pelo estupro. De vítima passou a ré. Esse episódio marcou-a para o resto da vida. Em todas as suas telas podemos ver que as mulheres trazem no rosto dor e fúria. No mês que vem pretendo ir à Itália descobrir mais coisas.

– *Mon Dieu*! Como nós mulheres já sofremos! – reagiu Corine.

– Sofremos não, Corine, as mulheres ainda sofrem!

Foi Valérie quem fez essa observação. Ela era uma das mais atuantes feministas da época, a mesma que Léo reconheceu conversando com Virginie. Há algum tempo ela vinha agitando a sociedade francesa com suas idéias. Fazia de sua sala de aula nas Ciências Sociais, onde era professora, um palanque, e editava, com outras mulheres, uma revista e um jornal feminista que estavam causando grande agitação nos meios acadêmicos e intelectuais.

A conversa continuou animada. Valérie se inflamava quando defendia seus pontos de vista, e Virginie, Léo e Corine discutiam com ela alguns aspectos da submissão e da sujeição que as mulheres tiveram e ainda têm de enfrentar. Monique, que não se interessava por esses assuntos, afastou-se e foi para o fundo da sala, conversar com algumas amigas.

Apesar de o assunto ser interessante, aos poucos Léo foi se desligando da conversa. Não conseguia pensar em outra coisa que não fosse Virginie e seus olhos negros, que não paravam de olhá-la à sua frente. Era um olhar suave e quente ao mesmo tempo e, às vezes, Léo tinha a impressão de que eles queriam falar-lhe algo. A certa altura da conversa ouviram Rosa chamar Corine para o meio da sala e pedir a atenção de todas:

– Amigas, estou feliz esta noite e gostaria de agradecer a presença de todas vocês nesta festa em homenagem a Corine. Vou colocar uma música e queria que todas dançassem conosco. É a primeira música que eu e ela ouvimos juntas, faz muito tempo. Estávamos num café perto da faculdade e alguém colocou uma ficha na máquina. Adamo começou a cantar "F Comme Femme", e foi ao som dessa música que eu descobri que aquela mulher que estava na minha frente era a mulher da minha vida. Lembra desse dia, Corine? Vem, vamos dançar, e vocês dancem conosco!

A música começou a invadir a sala aos poucos, os casais foram se formando. Virginie olhou para Léo e estendeu a mão, convidando-a para dançar também. Léo pensou estar vivendo um sonho, quando sentiu a mão dela envolver sua cintura com suavidade e o rosto a centímetros do seu. A música falava de uma mulher que trazia nos olhos o destino. Léo sentia que o seu destino estava à sua frente, concretizado naquela mulher que amava e que pela primeira vez tocava. Seu perfume a invadia e fazia todos os seus sentidos se alterarem, seu corpo começou a implorar pelo dela, suas mãos tremiam, olhava nos seus olhos e via paixão.

Nenhuma palavra conseguiria exprimir o que Léo sentia naquele momento. Estava hipnotizada e, quando Virginie aproximou-se mais e disse em seu ouvido que ela estava linda, seu corpo ardeu. O disco rodava na vitrola e o desejo rodava em torno delas. Léo aproximou-se mais e seus seios se tocaram. Sentiu seu sexo latejar, a impressão que tinha era de que aquela era a música mais linda que já tinha ouvido. Mas não era a música de Adamo que a encantava, era o som da respiração de Virginie, próximo ao seu ouvido, que a embriagava.

Léo queria que aquele momento se eternizasse, mas de repente notou que todas pararam de dançar e que a música da vitrola havia terminado. Elas se afastaram e ficaram paradas uma em frente à outra, sem saber o que fazer ou o que dizer. Não foi preciso fazer nada, porque Monique apareceu e, sem nenhuma delicadeza, puxou-a, levando-a para fora da sala, até a varanda. Virginie respirou fundo e dirigiu-se para o bar, onde se serviu de uma taça de vinho, que tomou de um grande gole. Na varanda, a conversa foi tensa:

– Léo, não podemos mais continuar assim. Eu sei que você nunca disse que me amava, e eu também não sei direito o que sinto por você, acho que é só atração, mas é demais ficar vendo você daquele jeito com Virginie, no meio da sala! Todo mundo vendo o papel de boba que eu fazia, assim não dá para continuar, acho melhor pararmos por aqui. Quero continuar sendo sua amiga e o melhor que temos a fazer é cada uma seguir seu caminho. Eu gosto de você, tudo foi muito bom, você é um doce de pessoa, mas não dá mais para continuar, Léo. *Adieu!*

Monique voltou para a sala, pegou sua bolsa e saiu da festa. Léo ficou na varanda, tentando colocar seus pensamentos em ordem. Eram muitas coisas acontecendo ao mesmo tempo. Olhava a paisagem parisiense à sua frente e a noite estrelada. A música que vinha da sala falava sobre o céu de Paris e os enamorados que passeavam sob ele. Por mais que tentasse, não conseguia pensar em Monique e em tudo o que ela lhe havia falado. Havia apenas Virginie na sua cabeça. Pensava nos momentos em que a teve em seus braços, não sabia o que fazer, apenas sabia que queria aquela mulher como a própria vida. Nesse instante ouviu a voz dela atrás de si:

– Desculpe, Léo, eu vi Monique saindo da festa, acho que sem querer provoquei uma briga entre vocês.

– Não foi nada, não foi culpa sua, eu e Monique não tínhamos nenhum compromisso, apenas estávamos juntas. Ela por diversão, eu por carência. Nunca houve amor entre nós.

– Fico mais tranqüila, a última coisa que quero é atrapalhar a sua vida.

— Você nunca vai atrapalhar a minha vida, Virginie. Olhe, não posso mais guardar o que sinto por você, eu preciso lhe falar, eu t...

Virginie não deixou Léo terminar a frase. Olhando séria para ela, disse que Rosa estava chamando todos para a sala porque iria cortar o bolo, e, virando-se bruscamente, saiu. Léo ficou frustrada, não sabia como agir com Virginie, ela era escorregadia.

Depois do bolo e do estouro das champanhes, Léo foi sentar-se num dos bancos do bar, ficou bebendo e perseguindo Virginie com o olhar. Ela tentava esquivar-se, indo de um grupo a outro, sempre tentando mostrar-se interessada nas conversas, mas Léo insistia e sustentava o olhar. Aos poucos percebeu que ela começou a ceder a resistência e responder a eles; passaram boa parte da noite namorando de longe.

Quando uma música romântica começou a tocar, o grupo em que ela estava se desfez e foi para o meio da sala dançar. Léo percebeu que ela ficou sem ação e dirigiu-se para a varanda. Levantou-se e foi atrás dela. Encontrou-a debruçada no parapeito, apreciando a noite. Parou ao seu lado e debruçou-se nele também. Virginie, percebendo sua presença, disse, sem olhá-la:

— A noite está muito linda, você deveria pintar quadros com cenas noturnas. Esse céu estrelado, essas luzes todas, é tão bonito... essa noite deveria ser perpetuada.

— A noite está realmente linda, mas nada que se compare à beleza desses seus olhos noturnos.

Virginie olhou-a assustada, pois não esperava aquela resposta, mas não teve tempo de esboçar uma reação porque Léo roubou-lhe um beijo. Ela afastou-se e ficou olhando para Léo, com um olhar que revelava um misto de desejo e medo. Léo acariciou seu rosto com carinho, e com seus dedos começou a delinear suas sobrancelhas, seus olhos, seu nariz, seus lábios, como se seus dedos fossem pincéis e ela a estivesse pintando numa tela. Virginie, seduzida, beijou aqueles dedos que brincavam com seus lábios. Léo aproximou-se mais e beijou-a, enlaçando-a num abraço que não permitia que ela se afastasse novamente.

A intensidade do beijo foi aumentando, Léo sentia que estava rompendo a barreira invisível que ela havia colocado entre elas, sentia que ela estava cedendo. Suas línguas se procuravam cada vez com mais volúpia, os corpos grudavam-se e o desejo explodia entre elas, mas quando as mãos de Léo começaram a acariciar seu corpo, procurando sentir sua pele, e caminhavam em busca de seus seios, Virginie a afastou bruscamente:

— Não, Léo, por favor, eu não posso, eu não quero, isso não devia estar acontecendo. Eu me descontrolei... Me esqueça, Léo, eu não posso, por favor me esqueça.

Léo olhava aturdida, tentando entender o porquê de tudo aquilo, sem conseguir falar nada. Virginie saiu apressada da varanda, e quando Léo entrou na sala, indo atrás dela, viu-a pegar sua bolsa e sair da festa. Voltou para a varanda e ficou sem saber o que pensar. Sentia o gosto dela na sua boca, o gosto do amor, e tinha certeza de que ela a desejava também. Por que fugir? Por que se afastar? Que amor louco era aquele que existia entre elas? O que ela temia? Pensava, pensava, mas não encontrava as respostas, e quando deu por si a festa já havia acabado e ela ouvia a voz de Rosa:

– Léo! O que aconteceu? Estou procurando você por toda parte. Todos já foram embora, mas eu vi sua bolsa pendurada na cadeira, o que aconteceu? Você está chorando? Brigou com Monique? Diga, Léo, você está me ouvindo?

– Estou sim, desculpe Rosa, é que estou meio tonta. Não tem nada a ver com Monique, é Virginie... Ela hoje me levou pelos caminhos do paraíso, mas quando acordei me descobri no inferno.

– Nossa, que trágico! Já sei o que vamos fazer, vamos entrar e eu vou preparar um café para nós, aí você me conta toda essa história, porque eu não estou entendendo nada. Vamos.

– Não, obrigada, Rosa. Eu vou para casa, não quero atrapalhar vocês.

– Você não está atrapalhando nada, Corine já foi se deitar. Bebeu além da conta, e eu também estou precisando de um café. Além do mais, não vou deixar você sair sozinha agora, é alta madrugada, e depois você não está em condições. Vem, deixa eu fechar a porta da varanda, vamos lá para a cozinha. Anda, vem.

Léo se deixou levar, não sabia mesmo o que fazer, nem o que pensar. Enquanto Rosa preparava o café, começou a contar toda a história que estava acontecendo entre ela e Virginie havia meses. Rosa ouvia atenta, via que Léo estava muito triste e lembrava-se daquela garotinha desprotegida de Belo Horizonte que se escondia nos vãos da escada e ficava vendo o baile, achando que de lá de baixo ninguém a via. Colocou o café sobre a mesa e serviu. Léo acabou a sua explanação e perguntou:

– O que eu faço agora?

– Se eu soubesse, Léo... É tão difícil dar uma opinião.

– Mas você deve saber, é mais vivida que eu.

– Não é bem assim, e depois acho que não existe receita, cada relacionamento é único.

– Mas você conquistou Corine, e pelo que sei ela nem tinha se relacionado com mulheres antes.

– Também não é bem assim. Corine já havia tido um namoro com uma amiga nos tempos de colégio, depois veio a guerra, os tempos ficaram difíceis. Eles tiveram que fugir, esconder-se, e ela acabou cedendo à família e casando com um primo. Vieram os filhos, ficou viúva e acabou sublimando o desejo que tinha por mulheres, dedicando-se exclusivamente aos filhos e aos animais. Quando a conheci, ela já morava sozinha e achava que era tarde para ter uma vida amorosa. Mas o amor e o desejo não tinham morrido, estavam apenas adormecidos, eu só precisei acordá-los. E para ser sincera, Léo, foi ela quem me seduziu, não eu.

– Você nunca me contou a história de vocês, como foi que tudo começou?

– Bem, você sabe que eu vim para a França fazer uma especialização. Estava fazendo um curso na Veterinária e tentava conseguir uma vaga para fazer um estágio com ela. Não sei se você sabe, mas Corine é uma veterinária muito importante, reconhecida internacionalmente. Tem vários livros publicados. Bem, todo mundo queria estagiar com ela. Não havia vagas, mas eu sou teimosa e passei a persegui-la. Freqüentava todas as suas aulas abertas, ia às suas palestras, mostrava-me interessada, de tal forma que foi impossível para ela não me perceber. Um dia, na saída de uma palestra, ela aproximou-se de mim e perguntou o que eu queria dela. Disse que queria uma vaga. Ela riu e disse que não tinha vaga nenhuma. Devo ter feito uma cara de decepção tão grande que ela riu, piscou e falou que sempre se dava um jeito, e a partir daquele dia comecei o estágio. Depois ela contou que me dera a vaga não por minha insistência, mas porque se sentiu atraída por mim.

– E depois?

– Você conhece Corine, sabe como ela é alegre, piadista, bem-humorada. Ela sempre teve um ótimo relacionamento com seus alunos e até saía com eles. Naquela época íamos todos a um café perto da faculdade e ficávamos conversando, ela era sempre a mais animada. Foi numa dessas reuniões que começamos a nos olhar com mais intensidade. Eu flertava com ela, mas tinha receio do que estava fazendo, ela era a minha professora. Eu vivia numa confusão só. Para piorar, ela me provocava; quando estávamos com o grupo no café, ela se levantava e ficava atrás de mim, e enquanto ia contando histórias engraçadas sobre sua vida profissional, pousava as mãos nos meus ombros. Às vezes ficava brincando com meu cabelo. Eu ficava sem graça, ela percebia e intensificava os carinhos de propósito... Você não sabe como essa mulher é sedutora. Para todos da mesa poderia parecer um gesto maternal que ela estava fazendo, mas eu sabia que não era, e me desesperava porque sua atitude me deixava excitada. Eu nem reparava que ela era mais velha que eu, mesmo porque ela nunca aparentou idade. Hoje eu sei que, apesar de me provocar naquela época, ela também estava enfrentando seus problemas. Era complicado sentir-se atraída por uma mulher que tinha a idade de sua filha e desejá-la. Ela me contou que lutou muito para me ver apenas como aluna, mas não conseguiu. Ainda bem!

– Sabe, Rosa, até agora eu só tinha pensado em você em relação a ela, nunca tinha pensado nela em relação a você. Não deve ter sido fácil para ela... Mas continue contando, essa história está ficando interessante.

– Já disse que ela me provocava de propósito, adorava me deixar sem graça e, a cada dia que passava, eu ia me desesperando mais. Não sabia como agir, ela não era qualquer mulher, era minha professora, e depois não era também uma professora qualquer, era Mme. Corine Cohen, veterinária que pertencia à Academia Francesa de Ciências, uma celebridade. Eu tinha receio, achava que podia estar confundindo tudo. Comportava-me como uma virgem assustada, vivia fugindo dela e, quanto mais eu me retraía, mais ela me provocava. Estávamos num jogo que ficava a cada dia mais ousado, às vezes eu tinha vontade de agarrá-la e jogar tudo para cima, nome, pudor, respeito... Era uma loucura!

– Como você fez para se declarar?

– Bem, tudo acabou acontecendo inesperadamente. Ela iria realizar uma aula aberta com um professor inglês, seria uma complicada cirurgia num cavalo. Corine é especialista em eqüinos. Bem, não sei se você sabe, mas às vezes, quando se faz uma cirurgia desse porte, onde vai haver muito sangue, nós usamos um avental de plástico, desses de açougueiro, e também, de vez em quando, vestimos um macacão por baixo dele, por questões de higiene. Naquele dia eu e ela entramos no vestiário para trocar de roupa e você não imagina o que ela fez. Como estava fazendo muito calor, ela, sem pudor nenhum, começou a tirar a roupa toda na minha frente, inclusive o sutiã, depois calmamente vestiu o macacão e colocou o avental. Eu não sabia o que fazer, olhava paralisada para aquela mulher seminua na minha frente. Tentei disfarçar o que sentia, mas ela percebeu o que sua nudez provocou em mim e gostou, tanto que, quando saíamos em direção à sala de cirurgia, ela virou-se para mim, riu e piscou maliciosamente.

– Eu posso imaginar o que você sentiu.

– É, você imagina como fiquei. Passei a cirurgia inteira nervosa, tinha medo de errar, mas tudo correu maravilhosamente bem. Depois de quase duas horas, estávamos nós de volta ao vestiário. Ela novamente despiu-se e pediu que eu pegasse a sua roupa no cabide. Nessa altura eu estava fervendo por dentro, sabia que estava faltando muito pouco para eu perder o controle e, quando ela virou-se de costas para mim e pediu para eu fechar seu sutiã, não agüentei. O contato com a pele dela me incendiou e passei a acariciá-la e a beijar suas costas, sua nuca e tocar nos seus seios e, para minha felicidade, ela virou-se e me agarrou, nos beijamos com loucura, nos amamos com paixão. Não sei o que aconteceria se alguém entrasse naquela hora. A cena seria no mínimo constrangedora, pegariam Mme. Cohen e sua aluna fazendo amor como duas adolescentes no chão do vestiário.

– E depois?

– Depois viemos para este apartamento e ela nunca mais me deixou ir embora. Já estamos juntas há sete anos.

– E os filhos dela?

– Eles não moram na França. O filho migrou para Israel e a filha é casada e mora na Bélgica. Corine tem três netos que adora, sempre os visitamos no fim do ano. Eles sabem que vivemos juntas, mas talvez não se dêem conta do nosso grau de intimidade. Pronto, é isso. Agora vamos dormir? Estou cansada e já está tarde.

– Só mais uma coisa, Rosa. Você sabe se Virginie está com alguém?

– Ela me disse outro dia que está apaixonada, mas não quer se envolver com ninguém porque já sofreu demais. Disse que está tentando mantê-la afastada, mas que isso é cada dia mais difícil. Ela parecia estar sofrendo com isso, é só o que sei.

– Você não perguntou de quem ela estava gostando?

– Não, e pelo que percebi ela não estava disposta a me dizer.

Rosa encerrou a conversa e acompanhou Léo até o quarto de hóspedes. Deitada na cama, ela pensava que precisava procurar Virginie para lhe dizer que a amava e que não a faria sofrer, que nunca a abandonaria, como fez a argentina. A história de amor de Rosa e Corine deu-lhe coragem para lutar por seu amor.

No dia seguinte acordou tarde. Corine e Rosa ainda dormiam, por isso foi até a cozinha, serviu-se do café da noite anterior, comeu uns salgadinhos que estavam em cima da mesa e saiu decidida rumo ao apartamento de Virginie. No caminho ia juntando coragem para enfrentá-la e dizer tudo o que guardara dentro de si por tanto tempo. Quando ia abrir a porta do prédio, a zeladora apareceu e, cumprimentando-a, falou:

– Bom dia. Não adianta subir, Mme. Leblanc viajou hoje cedo.

– Como?! Estive com ela ontem e não me disse nada!

– Espere, vou pegar um envelope que ela deixou para a senhorita. Ela pediu também que deixasse a chave do apartamento comigo.

Enquanto a zeladora entrava no apartamento, Léo olhava a porta com olhar vazio. Não estava entendendo o que acontecia. A zeladora voltou e entregou-lhe o envelope. Léo abriu e leu o bilhete:

"Léo,
  você não precisa mais cuidar da Chérie, Rosa já deu alta para ela. Deixe as chaves com a zeladora. Des-

culpe por ontem, eu me descontrolei, as coisas não deveriam ter chegado àquele ponto. Eu não quero mais te ver, não posso, eu não quero te amar, por favor me esqueça, vamos fingir que nada aconteceu. Espero que o valor do cheque dê para pagar o seu serviço.
Virginie."

– A senhora sabe para onde ela viajou?

– Não sei, mas deve ter ido para o campo, porque foi com o carro e levou a cachorrinha. Deve ter ido visitar os seus parentes.

Léo não devolveu as chaves, apenas agradeceu e saiu. Ficou andando sem rumo e sem saber o que fazer, até que acabou se sentando num dos bancos do Jardin du Luxembourg. Sua cabeça estava vazia, seu coração doía, mas o dia em volta parecia não estar preocupado com o seu sofrimento: o sol brilhava forte, era domingo e o lugar estava repleto de pessoas passeando, se divertindo.

Na sua frente, um menininho corria feliz atrás de uma borboleta que teimava em pousar no seu braço. Quando ia pegá-la, ela levantava vôo, impedindo-o de alcançá-la, mas depois voltava e pousava novamente em seu braço. Ele se divertia e parecia não se cansar da brincadeira.

Léo pensou que Virginie era como aquela borboleta. Quando se aproximava dela, Virginie sumia; quando se afastava, ela procurava uma forma de trazê-la de volta. Mas, ao contrário do menino, Léo não se divertia com a brincadeira; estava cansada de bilhetes românticos, olhares quentes e beijos roubados, não achava justo ser tratada daquela forma. Deixar um cheque no envelope para pagar pelos seus serviços tinha sido maldade demais; ela queria fazê-la entender que a relação entre elas era apenas comercial, mas não era. Léo não admitia aquela atitude e achava que Virginie precisava ouvir algumas verdades, por isso decidiu ir atrás dela.

Levantou-se do banco e saiu decidida para o seu apartamento. Tomou um banho, trocou de roupa, passou no café ao lado, comeu uma omelete e voltou para a casa de Rosa e Corine. Chegando lá contou para as duas a sua decisão e perguntou se por acaso alguma delas sabia onde o avô de Virginie morava. Foi Corine quem respondeu:

– Parece que é na Borgonha. Quando a Chérie ficou doente, nós tivemos uma conversa para a anamnese e Virginie contou-me que havia passado as festas de fim de ano com ele, e que sempre que podia ia visitá-lo. Parece que ele tem uma propriedade na região de Morvan, lembro-me porque essa região é famosa, foi em suas florestas que a Resistência Francesa se escondeu na época da guerra. Acho que a cidadezinha se chama Château-Chinon. Você se lembra, Rosa?

– Não, acho que vocês conversaram quando ela procurou-a na faculdade.

– Acho que é isso mesmo, mas por que você quer saber? Você está pensando em ir até lá?

– Não estou pensando, eu vou atrás dela; não é justo o que ela está fazendo comigo, não pode fugir assim.

Rosa entrou na conversa, ponderando:

– Léo, Virginie é perfeccionista, metódica. Estava vivendo sua rotina quando você invadiu o mundo que ela criou em torno de si para se proteger. Você é uma ameaça, ela disse que não quer mais sofrer, talvez fosse melhor tentar esquecê-la. Indo até lá você pode sofrer mais do que está sofrendo.

– Pode ser, mas preciso dizer para ela coisas que há muito tempo guardo comigo, e tem que ser agora, senão perco a coragem.

– Como vai conseguir achá-la? Você não tem o endereço.

– Acredito que não deva ser tão difícil encontrar um senhor Leblanc numa cidade pequena. É mais fácil que descobrir as histórias de uma mulher que viveu no século XVII.

Léo saiu da casa de suas amigas e foi para St-Denis, visitar seu irmão, ver Thiérry e avisar que iria passar uns dias fora. Inventou que estava indo viajar com umas amigas da Belas Artes. Passou todo o final da tarde conversando com eles e com os pais de Ciça, que ainda estavam na França. Era noite quando chegou em casa, cansada de todas as emoções do dia mas decidida a ir atrás de Virginie. Na segunda-feira, saiu logo cedo, foi até uma livraria para comprar um mapa da França, procurou e achou a cidade de Château-Chinon. A cidade mais próxima dela de que já ouvira falar era Dijon. Como havia trem direto para lá, resolveu que começaria sua busca a partir daquela cidade. Separou algumas roupas, arrumou uma pequena mala e partiu no dia seguinte da Gare de Lyon para a sua aventura.

Chegou a Dijon por volta da hora do almoço. Procurou um hotel, instalou-se e saiu para comer. Percorreu a cidade e informou-se sobre como poderia chegar a Château-Chinon. No dia seguinte, tomou o ônibus que lhe fora indicado. Depois de passar por várias cidades pequenas, parou na praça central de uma simpática cidadezinha. Quando desembarcou, seu coração bateu forte. Até àquela hora ela havia agido como autômata, evitando pensar em Virginie e no que estava fazendo, mas agora sentia-se fraquejar um pouco, tinha receio de como seria recebida por ela. Um chofer de praça disse que conhecia Monsieur Leblanc e prontificou-se a levá-la a sua propriedade.

A corrida não demorou mais que cinco minutos. Quando ela percebeu, o carro já estava parando em frente a um portão de ferro alto e um pouco velho. O motorista falou que ela deveria ir entrando porque a casa ficava no fundo do terreno. Léo pagou a corrida e entrou pelo velho portão, carregando a mala numa mão e seu coração na outra. Estava no meio de um caminho de terra quando ouviu o latido de Chérie, e viu-a correndo ao seu encontro. Ao chegar perto, pulou no seu colo e começou a lamber seu rosto, contente. Um senhor idoso e corpulento que vinha atrás dela aproximou-se e perguntou:

– A senhorita está procurando por alguém?

– Virginie, sou amiga dela.

Léo tentava falar, mas Chérie não deixava: ficava latindo, puxando-a para brincar.

– Parece que vocês duas se conhecem bem, não?

– Bastante – respondeu Léo, estendendo a mão e apresentando-se.

– Meu nome é Maria Leocádia, mas todos me conhecem por Léo. Muito prazer, o senhor deve ser Monsieur Leblanc.

– Isso mesmo – disse, apertando a mão estendida de Léo.

– Virginie não está em casa, foi a Dijon resolver uns problemas com impostos. Deve voltar no final da tarde, mas vamos entrando.

Mr. Leblanc era um homem simpático e falador, e em pouco tempo Léo já estava se sentindo à vontade. Ele a fez entrar e levou-a para a parte de cima da casa. Abriu a porta de um quarto e colocou a mala, que havia tirado de sua mão, em cima da cama:

– Desculpe, a casa é simples, mas acho que você vai ficar bem instalada aqui. O quarto do fundo é o meu, e o do lado é de Virginie; a porta em frente é a do banheiro. Vamos fazer assim, desfaça a sua mala, coloque uma roupa mais fresca e desça, que eu vou esperá-la com um refresco.

Ele deixou-a sozinha no quarto, com Chérie. Léo sentiu-se constrangida, o avô lhe havia tratado com muita simpatia e hospitalidade, mas ela não sabia como a neta reagiria quando a visse ali. Resolveu não pensar no assunto, vestiu uma bermuda e uma camiseta, colocou uma sandália e desceu para tomar o refresco que ele oferecera. Fazia realmente muito calor naquele dia. Quando ela desceu, Mr. Leblanc estava sentado na mesa da cozinha com uma jarra de limonada à sua frente. Ela sentou-se e ele serviu-a. Começou a perguntar de tudo para Léo, de onde ela era, sobre sua família, sobre o que fazia; a curiosidade dele não tinha fim.

Depois foi a vez de ele falar sobre sua vida. Contou sobre a região, histórias da época da guerra, sobre sua participação na resistência e sobre a criação de codornas que tinha. Convidou-a depois para andarem pela propriedade. Ele ia mostrando suas plantas, falando sobre outros tempos mais felizes, e mostrou-lhe a criação de codornas. Escolheu três delas, dizendo que iria prepará-las para o jantar.

Durante todo o tempo, Chérie pulava e brincava atrás deles. Léo, acostumada com fazendas, sentia-se feliz. Lembrava dos tempos de infância, quando andava com seu pai, olhando os cavalos e brincando no rio. Ela e o velho senhor davam-se bem, quem os olhasse não acreditaria que haviam se conhecido poucas horas antes.

Os dois, cansados de andar debaixo do sol forte, sentaram-se no banco que havia em frente da casa. Ele entrou na cozinha e trouxe a limonada, tirou um lenço do bolso, enxugou o suor da testa, acendeu um charuto e começou a falar da neta:

— Sabe, Léo, estou muito contente por conhecer uma amiga de Virginie. Ela é muito reservada, não fala de sua vida em Paris, de seus amigos. Sempre foi assim, desde criança. Quando chegou aqui era um bichinho assustado: ela viu a mãe ser presa. Meu filho trouxe-a para cá com medo do que poderia acontecer com ela, já sabia que sua mulher fora torturada e assassinada na cadeia. Deixou-a conosco e voltou para a Argélia. Meu filho sempre foi um idealista, essa foi a última vez que o vimos. Dois anos depois ficamos sabendo que ele havia morrido também. Virginie sofreu muito, ela tinha apenas nós dois, um casal de velhos. Podíamos fazer muito pouco por nossa neta, éramos pobres, mas ela venceu. Sempre foi estudiosa, passava dias inteiros lendo e estudando, e por causa de sua dedicação acabou ganhando uma bolsa de estudos num bom colégio. Virginie é muito inteligente, sempre passou em primeiro lugar em todos os concursos, tenho orgulho dela. Hoje é uma professora respeitada da Universidade de Paris. Essa menina é muito decidida, puxou ao pai. Nunca consegui controlar meu filho, nem ela. Hoje é ela quem cuida de mim. Mas eu não gosto de vê-la sozinha, você por acaso sabe se ela tem alguém?

— Que eu saiba, não.

— É uma pena. Eu já estou velho, fico preocupado, quando morrer ela vai ficar sozinha no mundo. É tão bonita, está na flor da idade, mas é muito séria, isso afasta os homens. Queria que ela fosse mais alegre, eu e sua avó nunca perdemos a alegria de viver, mesmo durante a guerra.

— A época da guerra deve ter sido difícil. Imagino como as pessoas devem ter sofrido, porque de certa forma meu país também vive uma espécie de guerra. Uma ditadura instalou-se no poder, minha irmã foi morta e meu irmão e a mulher dele vivem hoje exilados aqui na França.

— É, minha filha, todos nós carregamos na alma as nossas tragédias. Mas a vida segue em frente, não podemos viver no passado. Vamos entrar? Vou ensinar você a preparar deliciosas codornas assadas, você gosta de cozinhar?

— Gosto, apesar de não me dedicar muito. Virginie contou-me que o senhor é ótimo cozinheiro.

– Faço o melhor que posso. É preciso jeito para mexer com os alimentos. Cozinhar é uma arte, e se tem alguma coisa na vida de que me orgulho é da minha comida e da minha criação de codornas. Venha, vamos entrar, você vai me ajudar.

Entraram e ele passou-lhe as tarefas: descascar cebolas, alhos, batatas, lavar alface. Enquanto isso ele ia escaldando, depenando, lavando e temperando as codornas, tudo sob o olhar atento de Léo, que, àquela altura, não sabia se um dia teria coragem de fazer tudo aquilo com aquelas avezinhas tão bonitas.

Léo começou a pensar nas diferenças que havia entre o avô de Virginie e sua avó. Depois que sua mãe mudou-se para o Rio de Janeiro, ela, Luiz e Lúcia passaram a viver sozinhos no casarão, vigiados de perto pela matriarca dos Assis Linhares: Dona Emerenciana, uma mulher rígida, de pouca fala, partidária da ordem e da obediência irrestritas. Ela tinha traçado o caminho dos netos e faria de tudo para que seguissem o que havia determinado para a vida deles. Católica ao extremo, amiga de padres e bispos, fez que estudassem em colégios religiosos. Crescendo sozinhos e deixados aos cuidados de empregados, os irmãos ficaram muito unidos, se protegiam e se cuidavam. Para Léo, que tinha sete anos a menos que Lúcia e cinco a menos que Luiz, eles eram sua família. Eles e Benedita, a velha babá negra que a criou. Por sua avó nunca conseguiu sentir mais do que medo quando criança, e indiferença quando adulta.

Entretidos como estavam em suas respectivas tarefas e pensamentos, Léo e Mr. Leblanc levaram um susto quando ouviram os sons de um carro estacionando e de Chérie latindo. Léo estremeceu ao perceber que era Virginie que havia chegado. Resolveu não sair do lugar e esperar para ver qual seria a sua reação, que não demorou a acontecer. Quando entrou na cozinha, levou um susto ao ver Léo:

– Léo!? Como você veio parar aqui?

Léo não teve tempo de responder, porque Mr. Leblanc adiantou-se:

– Ela veio de táxi. Falei para ela que era perto, apenas dois quilômetros do centro, mas esses choferes não perdem tempo, querem sempre tirar dinheiro de gente de fora. Ela poderia ter vindo a pé.

Léo olhava Virginie, tentando adivinhar o que ela estaria pensando. Podia notar certa irritação, mas ela não fez nenhum comentário. Foi até o avô, beijou-o no rosto e sentou-se sem cumprimentar Léo. Olhando-a friamente, perguntou:

– Onde você está hospedada?

Novamente não foi Léo quem respondeu:

– Isso é pergunta que se faça para uma amiga que veio de Paris para visitá-la? Já acomodei-a lá em cima, no quarto ao lado do seu.

– Está certo, já que vocês estão se entendendo, vou subir, tomar um banho e descansar. Estou exausta e com dor de cabeça, o senhor sabe que detesto dirigir, ainda mais sob esse sol forte. Até depois.

Virginie pegou sua bolsa e subiu antes que Léo pudesse fazer qualquer comentário. Enquanto ajudava Mr. Leblanc a arrumar a mesa, Léo pensava que talvez tivesse agido de forma impensada. Havia invadido a intimidade dela. Lembrava-se do que Rosa falara, mas agora era tarde para voltar atrás, restava esperar para ver o que aconteceria. O velho senhor olhou o forno, acenou afirmativamente com a cabeça e sentou-se, falando para Léo:

– Não fique chateada, Virginie anda nervosa. Deve ter acontecido alguma coisa em Paris, ela viria apenas na outra semana. Chegou de repente e trancou-se no quarto. Ela pensa que eu não vejo, mas anda chorando. Não sei o que pode ter acontecido, você sabe de alguma coisa?

– Não.

– Será que é algum problema na Universidade?

– Não se preocupe, na Universidade está tudo bem.

– Sabe, Léo, acabei criando essa menina sozinho. Quando minha mulher morreu, ela era muito jovem ainda. Um velho não serve para criar uma menina, às vezes acho que fiz muita coisa errada. Talvez se minha mulher não tivesse morrido tão cedo... Eu fiz o que podia.

– Não se preocupe, o senhor fez um ótimo trabalho. Virginie é uma mulher maravilhosa, é admirada e respeitada. O senhor pode ter orgulho, educou-a muito bem.

– Se você diz isso, fico mais tranqüilo. Agora vou tirar as codornas do forno. Por que você não vai até lá em cima, chamar Virginie?

– Não precisa, já estou aqui, e morrendo de fome – disse Virginie, que entrava na cozinha vestida com roupas mais confortáveis.

– Vamos sentar, então.

Virginie sentou-se e perguntou para Léo:

– Você está gostando da região?

– Vi muito pouco, mas os lugares por onde passei são lindos. E a Chérie, passou bem na viagem? Você disse que ela não se sente bem andando de carro.

– Foi tudo bem, dei um remédio para ela não enjoar que Rosa indicou faz tempo.

– Você mima demais essa cachorra – falou Mr. Leblanc. – No meu tempo cachorro era cachorro, gente era gente. Hoje em dia vocês andam tratando cachorro como gente, não entendo isso.

– Pois fique o senhor sabendo que existe muita gente nesse mundo que não vale um terço da Chérie. E depois o senhor sabe o que ela significa para mim, ela é minha companhia.

– Talvez você esteja certa mesmo, mas ainda acho que gente precisa de companhia de gente. Você vive muito sozinha, eu estava falando disso com Léo. Ainda bem que você a conheceu, é da companhia de amigas como ela que você precisa.

– Pelo visto vocês estão se dando bem, mesmo. Outro de seus talentos, Léo, cativar pessoas?

– Pode ser, mas parece que ele não funciona com quem eu quero.

Mr. Leblanc, fechando o forno, interrompeu a conversa:

– Vamos comer? As codornas estão esperando. Virginie, vá até o armário da sala e traga aquele vinho que você me deu no Natal. Estava esperando uma ocasião especial para abri-lo. Vamos brindar a essa linda jovem estrangeira, que saiu-se muito bem como auxiliar de cozinha.

Virginie levantou e trouxe o vinho. Mr. Leblanc abriu e experimentou-o durante um tempo; fez um sinal afirmativo com a cabeça e serviu as duas. Durante o jantar Virginie não olhou para Léo, ficou o tempo todo conversando com Mr. Leblanc sobre o problema dos impostos que tinha ido resolver. Léo estava chateada, sentia que Virginie a excluía da conversa de propósito. Mesmo quando o jantar terminou e ela a ajudou a lavar a louça, Virginie fez de tudo para que seus olhos não se cruzassem. Sua sorte era Mr. Leblanc, que, muito falador, queria saber tudo sobre o Brasil.

Léo contou que nascera numa região do país que chamava Minas Gerais por causa da quantidade de minérios e pedras preciosas que lá existiam. Ele mostrou-se interessado no assunto e ela acabou lhe contando um pouco da história da região. Quando terminaram de arrumar tudo ele levantou-se e disse que iria subir para o seu quarto, pois estava cansado e já era tarde. Virginie aproveitou sua saída e foi atrás dele, dizendo que tinha de mostrar-lhe uns papéis que trouxera de Dijon.

Léo ficou muito tempo sentada sozinha na cozinha, esperando Virginie descer. Depois compreendeu que ela não desceria, havia fugido novamente. Naquele instante tomou consciência de que agia como uma tola. Começou a refletir sobre tudo o que havia ocorrido. Esperava uma atitude que sabia que Virginie não tomaria, e a recepção dela fora tão fria que congelara a sua coragem. Decidiu que o melhor seria ir embora e esquecer aquela loucura, estava cansada de se magoar e se iludir.

Subiu para o quarto e começou a arrumar suas coisas, mas resolveu que, se havia ido até lá para dizer o que sentia, não sairia sem fazê-lo, nem que fosse por escrito. Pegou um bloco e escreveu um desabafo:

"Virginie,

vim até aqui disposta a abrir meu coração e dizer que a amo como nunca imaginei amar alguém. Mas o amor que sinto por você me faz sofrer. Vim para a França para começar uma nova vida, tentar esquecer mágoas e dores, e não vou sofrer mais. Nesta tarde seu avô contou-me sobre a época da guerra, o que ele e sua avó passaram; contou-me de você, de quanto sofreu por causa de sua mãe, e disse que todos nós carregamos nossas tragédias e dores. Você carrega as suas, mas nunca se interessou em saber que eu tenho as minhas também. A cada dia que passa vejo que no fundo você é egoísta, só pensa em você, nos seus traumas, nas suas perdas. Você acha que só você sofreu na vida? Que só você foi abandonada por um amor? Se isto a consola, eu também cresci sem meus pais, e também fui abandonada por um amor, claro que por motivos diferentes dos seus. Eu também sei o que é solidão. Fui criada por uma avó austera e distante; para ela o importante era dar boas roupas e bons colégios; carinho e amor só tive de minha babá Benedita, uma empregada negra que era tratada por ela como se a escravidão ainda existisse. Meu consolo foi ter conseguido comprar e dar para ela uma casa, e com isso uma velhice mais tranqüila, longe dos quartos dos fundos dos casarões, que mais se parecem senzalas modernas. Minha família eram meus irmãos, Luiz e Lúcia. Eles eram as únicas pessoas que se preocupavam comigo, foram eles que me ensinaram a ser honesta nos sentimentos, mas a vida afastou-os de mim. Luiz foi preso e torturado quando ainda era um estudante, e Lúcia, revoltada com a situação política do meu país e com o que poderia acontecer com ele na cadeia, entrou para a luta armada. Ela participou de um seqüestro e conseguiu trocar a vida de um embaixador pela liberdade de Luiz e de outros companheiros seus. Ele foi para o Chile, mas carregou consigo as seqüelas da tortura: é surdo de um ouvido e até bem pouco tempo se achava estéril por causa dos choques elétricos que levou nos órgãos genitais. Meses depois de sua saída do Brasil, Lúcia foi brutalmente assassinada por agentes do governo. Eu fiquei sozinha, morando numa casa com uma avó que depois de um derrame passou o resto da vida numa cama, com tempo suficiente para pensar em todos os seus erros. Ironicamente, ela só tinha a mim e àquela velha negra para cuidar dela; todos a abandonaram, até meu pai. Além dessas dores, tive que carregar a dor de perder um amor. Até conhecer você só havia amado Doreen, mas ela me abandonou para viver seu sonho de Flower Power *na Califórnia, e não saiu mais dele, morrendo de overdose. Foi com ela que descobri a delícia e a dor de amar uma mulher. Eu não quero mais sofrer, fiz de tudo para não te amar, Monique é a prova de que tentei. Você pede desculpas pelo que fez na festa e me dá um cheque para pagar os meus serviços. Isso não é justo, não quero o seu dinheiro. Na realidade, dinheiro é a única coisa que nunca me faltou na vida e, depois, eu não cuidei da Chérie por você, cuidei por ela, porque gosto dela. Você diz para eu fingir que nada aconteceu, para te esquecer. Está certo, vou tentar, sei que não vai ser fácil, ainda tenho o gosto do seu beijo na minha boca, e esses seus olhos negros perturbam o meu sono, mas vou conseguir. Agora eu é que vou pedir um favor: esqueça que estive aqui, fazendo esse papel ridículo. Para você vai ser fácil, você tem uma pedra de gelo no lugar do coração. Despeça-se por mim de seu avô, invente uma desculpa, você é boa com desculpas, e não fique preocupada, que nunca mais a procurarei. Não precisa ter medo de mim, você não é obrigada a me amar, finja que tudo não passou de bobagens, que eu não estive aqui. E sinta-se feliz porque você é uma ótima professora, aprendi na prática o que é a ironia socrática. Foi um erro procurá-la, você não merece o meu amor.*

Léo."

Ela destacou as folhas do bloco e ficou olhando-as, sem saber se iria entregá-las ou não. Tomou um banho e recostou-se na cama; não queria dormir porque pretendia sair assim que o dia amanhecesse. Quando os primeiros raios de sol entraram no quarto, pegou suas coisas, jogou as folhas que havia escrito, junto com o cheque, por baixo da porta ao lado, e foi caminhando até a cidade. Chegou à praça principal e, para sua sorte, havia um ônibus saindo para Dijon. Entrou nele com a esperança de que estaria deixando para trás suas dores.

Em Dijon, foi obrigada a esperar por algumas horas o trem que a levaria para Paris. Como seu estado de espírito não estava para passeios, resolveu ficar na estação. Foi até o restaurante e tomou o café da manhã. Tentou afastar a noite não dormida indo ao banheiro e lavando o rosto, e depois sentou-se num banco e ficou esperando seu trem chegar. A estação estava movimentada, as férias estavam começando e um bando de jovens com mochilas andava de um lado para outro da estação. Eram rapazes e moças vestidos com roupas coloridas, todos de cabelos compridos, alguns com barbas longas; eles pareciam felizes. Um grupo sentado no chão tocava violão e cantava uma música alegre, descontraindo o ambiente.

Léo olhava-os e pensava nos caminhos que a vida nos apresenta, nos mistérios que existem por trás de nossas escolhas. Talvez sua vida fosse outra se tivesse largado tudo e caído na estrada, como muitos de seus amigos fizeram. Oportunidades não lhe faltaram. Talvez se tivesse seguido o sonho de Doreen sua vida fosse outra, e agora não estivesse sofrendo tanto. Sua esperança era Paris. Ia pela segunda vez para aquela cidade, disposta a esquecer suas dores. Na primeira vez conseguiu, esperava que agora as dores do presente também se transformassem em passado. Finalmente o trem chegou. O som do vagão nos trilhos embalou seu cansaço e ela dormiu por toda a viagem.

Chegou a Paris no final da tarde. O dia estava lindo, as árvores e flores brilhavam sob um sol que ainda era forte, o azul do céu fazia Léo alegrar-se e seu coração ter esperanças. Encheu os pulmões de ar e foi andando devagar do metrô até seu prédio. Quando estava entrando no elevador teve a impressão de ouvir o latido de Chérie e acreditou estar tendo um delírio auditivo. Mas, quando a porta se abriu no quarto andar, ela a esperava latindo e pulando, alegre por revê-la. Léo pegou-a no colo e olhou para o lado. Viu Virginie sentada nos degraus da escada. Ficou parada, olhando-a, surpresa, sem saber o que fazer ou dizer. Por um momento hesitou, depois, sem dizer nenhuma palavra, abriu a porta de seu apartamento e entrou. Chérie e Virginie entraram atrás. O silêncio era perturbador. Chérie quebrou-o, latindo para Virginie, que virou-se para Léo, dizendo que ela deveria estar com sede.

Léo foi até a cozinha, pegou uma vasilha, encheu de água e ofereceu-lhe. Depois de beber bastante ela foi se aninhar no tapete perto da poltrona, lugar em que sempre ficava quando estava naquele apartamento. O silêncio continuava. Léo foi até a janela e abriu-a, deixando a luz e os sons da rua entrarem. Virginie abriu a bolsa, tirou de dentro as páginas que Léo havia escrito e, estendendo-as para ela, falou:

– Eu vim devolver isso. Li o que você escreveu, mas não quero mais saber de cartas e bilhetes entre nós.

Léo pegou os papéis estendidos e, dirigindo-se para a porta, abriu-a, dizendo:

– Você tem razão, eu também cansei disso. Agora, se você me dá licença...

Virginie caminhou até a porta, mas, em vez de sair, fechou-a e apertou a trava. Olhando bem dentro dos olhos de Léo, disse:

– Eu fiz tudo errado, Léo, me perdoe. A última coisa no mundo que quero é fazer você sofrer, você não imagina o que significa para mim, eu não sei mais viver sem você. Me perdoe, eu a amo.

Léo, parada perto da porta, não sabia o que pensar nem o que responder. Lágrimas começaram a correr dos seus olhos magoados. Olhava Virginie a sua frente e não sabia se acreditava ou não no que ouvia. Nos olhos dela não existiam mais aquela frieza e distância que a tinham feito sofrer tanto. Em seu lugar estavam dois suplicantes e flamejantes olhos negros repletos de amor e desejo. Virginie aproximou-se e começou a beijar as lágrimas que caíam de seu rosto. Beijava seus olhos, sua face e seus lábios, que hesitavam em abrir-se, mas não conseguiram resistir à insistência e ao toque suave e quente daquela boca. Léo aninhou-se nos braços de Virginie e abraçou-a com força, temendo que aquele momento não passasse de um sonho e ela fugisse novamente.

Ficaram abraçadas, sentindo o coração de uma bater no peito da outra. Aos poucos o desejo, interrompido na noite de sábado, foi voltando, as mágoas e dores foram dando lugar a beijos que iam se tornando cada vez mais famintos, os corpos envolviam-se, querendo se fundir, as mãos iam se descobrindo. Léo acariciava as costas de Virginie e suas mãos iam se livrando da blusa que teimava em esconder a maciez de seios que se ofereciam ao seu toque e à sua boca, tesos e quentes. Virginie segurava sua cabeça e beijava seus cabelos, extasiada. A urgência aumentava e elas foram se desfazendo das roupas, que impediam que seus corpos se sentissem por inteiro. Era o delírio, desejos reprimidos em noites insones que explodiam entre as duas.

Encostadas na parede forrada de flores, seus corpos se procuravam, os sexos latejavam e se inundavam, implorando-se. Léo sentiu a coxa de Virginie roçar seu sexo e percebeu que o sexo dela procurava o seu. Ela sussurrava em seu ouvido palavras de amor, e dizia 'quero você', enquanto seus dedos sem pudor penetravam no sexo que se oferecia. Explorava-a e, encharcada, implorava mais; era impossível adiar o prazer. Léo segurou o rosto de Virginie, olhou aqueles olhos negros que eram a sua perdição, e conduziu-a até sua pequena cama. Lá, se ofereceu inteira para ela. Foram momentos loucos, as palavras ditas não tinham nexo, as horas que passavam não tinham tempo, o amor não tinha pudor nem nome e o prazer ia chegando junto... separado... separado... junto... numa sucessão que parecia não mais acabar, porque quanto mais prazer Léo dava a Virginie, mais prazer sentia em vê-la gemer de satisfação, e mais prazer ganhava de volta.

Virginie parecia adivinhar os desejos de Léo. Sua boca sugava seus seios e sua língua delineava seus mamilos, para depois descer para seu púbis, fazendo-a enlouquecer com toques suaves. Léo se oferecia e pedia cada vez mais, ela se abriu e Virginie uniu seu sexo ao dela, penetrando-a e iniciando uma dança orgástica acompanhada pelo sorriso de Eros e o olhar complacente de Vênus.

Estavam descobrindo o tesouro que por toda vida procuraram, o amor realizado de corpo e alma. Uma música invadiu o quarto, proveniente do apartamento ao lado. Nele alguma alma melancólica e solitária ouvia um disco antigo, e a voz de Piaf começou a embalar aquele amor, cantando a felicidade que se sente quando se está junto ao ser amado. Ela dizia que nos braços do seu amor a vida era cor-de-rosa. Léo, naquele momento, conseguia ver todas as cores do arco-íris, porque o amor entrava definitivamente em sua vida.

Aquela música embalava e ocultava do mundo os gritos e gemidos de prazer que ecoavam pelo quarto. Chérie, deitada no tapete, a tudo assistia, e parecia entender o que ocorria, porque podia sentir o perfume do amor que se desprendia daqueles corpos que se amavam na cama.

Exaustas, ficaram deitadas, abraçadas, por muito tempo. Os corpos entrelaçados esperavam seus corações pararem de saltar e voltar a bater mais calmamente. Léo percebeu que Virginie chorava. Deu-lhe um beijo suave nos cabelos e não a consolou, porque sabia que chorava pelo mesmo motivo que ela, um choro que traduzia toda a felicidade que estavam sentindo.

Não falavam nada porque tudo já havia sido dito pela linguagem do corpo e do amor. Sabiam que se amavam e intuíam a certeza de que aquela era apenas a primeira vez daquele amor. Passado um tempo, e achando que já podia intervir, Chérie latiu para as duas. Léo riu e olhou para Virginie, falando:

– Eu acho que ela está querendo dizer que está com fome. Pobrezinha, deve ser tarde. Esquecemos dela, deve estar faminta.

Léo tentou acomodar-se melhor para olhar para ela, mas perdeu o equilíbrio e caiu no chão; havia se esquecido de que a cama era estreita. Elas começaram a rir e Virginie, debruçada na cama, com olhar atrevido, falou:

– Eu sei de um lugar onde a cama é grande e tem comida para Chérie. Vamos para o meu apartamento?

– É uma boa idéia, vou tomar um banho e colocar outra roupa.

Levantou-se do chão, deu um beijo em Virginie, que a enlaçou, ameaçando não largá-la, e correu até o banheiro. Virginie a olhava sem sair da cama. Quando percebeu que ela ia entrar na banheira, correu e entrou junto. Chérie, que ficara contente vendo que as duas tinham levantado, viu a cena e retornou ao seu tapete – sabia que tudo iria recomeçar. Dormiu com fome porque aquele banho foi muito demorado.

Já era madrugada quando entraram no apartamento de Virginie. Chérie, faminta, não parava de latir, exigindo que agora pensassem nela. Foi premiada com uma dupla porção de comida, que devorou em instantes. Depois foi para a sua caminha, que ficava no canto da sala. Elas comeram um lanche e foram se deitar. Na cama, abraçada a Virginie, Léo disse:

– Você não imagina quantas tardes eu passei olhando esta cama e sonhando estar nela com você. Abria o vidro do seu perfume e espargia pelo quarto só para ter a sensação de que você estava presente.

– Eu vou te contar um segredo: mesmo não admitindo para mim mesma que estava apaixonada, quando chegava em casa sentia você em todas as coisas. O cheiro de suas tintas me embriagava, eu tocava e folheava os seus livros, e sentava na poltrona tentando sentir o calor que você havia deixado nela.

– Por que você me evitou e me magoou tanto?

– Porque eu tinha medo, medo de amar, me entregar e sofrer novamente. Sempre perdi todos que amei, e você entrou com tal força em minha vida que me assustou. Quando a vi pela primeira vez, na festa em St-Denis, e nossos olhos se cruzaram, me apavorei porque pressenti que aquela mulher que chegava de longe poderia levar embora a tranquilidade que eu tanto demorara a encontrar. Havia decidido nunca mais me relacionar com ninguém; uma estrangeira, então, estava fora de questão. Em casa, achei que havia sido só uma impressão, mas quando Ciça me procurou eu me assustei e decidi que teria que evitá-la de qualquer forma. Vê-la nas aulas era um martírio para mim, por isso fazia de tudo para que você se afastasse. Cheguei a sentir raiva de você, porque você me olhava com olhos sedutores e eu precisava resistir. Naquele dia em minha sala, maltratei-a por puro desespero. Já sabia que você tinha sido transferida e, ao mesmo tempo que me sentia aliviada por não ter mais a sua presença, me desesperava com a possibilidade de não vê-la mais.

– Se você soubesse como eu a odiei naquele dia. Cheguei a ter vontade de bater em você, fiquei muito ferida.

– Eu sei, senti como seus olhos me fulminaram. Depois disso, como você evitava encontrar-se comigo no Comitê e fingia que não me via na rua, achei que tinha conseguido o que queria, afastar você de mim. Fechei-me mais ainda no meu mundo, éramos apenas eu e Chérie. Quando ela adoeceu, me apavorei, estava frágil e achava que se ela morresse eu não resistiria. Corine salvou-a e ela me trouxe você de volta, mas tão inesperadamente que me assustou. Eu agia neuroticamente; ao mesmo tempo que não queria que você se aproximasse, trazia-a para dentro da minha casa, da minha vida. Eu sabia que jogava um jogo perigoso, mas você aceitava as regras e eu me sentia segura.

— Eu também agia neuroticamente. Era um absurdo o que estava acontecendo entre nós, eu praticamente morava durante o dia aqui na sua casa!

— Eu comecei a fraquejar naquele dia na clínica, quando percebi que você e Monique estavam juntas. Quase enlouqueci imaginando você nos braços dela. Fui para a festa de Corine enredada em meus conflitos, foi uma tortura ver você linda na minha frente, tive medo de não resistir. Quando você me beijou e senti o calor de seu corpo no meu, me desesperei e fugi, como fugi de você também em Château-Chinon. Depois de ler sua carta fiquei sem saber o que fazer. Foi vovô quem, mesmo não entendendo o que estava acontecendo, me trouxe à razão, dizendo que eu afastava as pessoas que gostavam de mim por medo de perdê-las, mas que eu não entendia que não eram elas que iam, era eu quem as mandava embora. Foi naquela hora que percebi que tinha ido junto com você todo o amor que um dia eu sonhei ter, e a minha chance de ser feliz. Peguei Chérie e vim correndo para Paris. Larguei tudo lá, nem imagino o que vovô deve estar pensando.

— Você sempre foi uma incógnita para mim. Desde que a vi em St-Denis me senti atraída. Eu também tentei fugir, mas o destino brincou com a gente colocando Chérie no meu caminho.

— Agora não vai haver mais cartas, bilhetes, nem fugas, porque eu não vou te deixar ir embora nunca e, se for preciso, vou atrás de você novamente. Eu amo você, Léo, e quero viver a vida toda ao seu lado.

— Vou ficar para sempre com você. Não saberia viver sem esses seus olhos noturnos que me embriagam, ainda mais agora que descobri que você é como as noites no deserto: parecem frias, mas escondem dentro de suas areias o calor e o fogo de um sol escaldante.

— Poeta! Bem que eu achava que você escondia outros talentos. Vem mais perto de mim que vou lhe contar histórias de noites e areias, histórias dos desertos argelinos. Mas tem um problema, elas são muitas e você vai precisar passar mil noites comigo para ouvi-las todas. Pensando bem, as noites são poucas, acho que vou precisar dos dias também. Para ser sincera, vou precisar de todos os seus dias e noites para lhe contar essas histórias. Quer entregá-los para mim?

— Eu não tenho mais o que lhe entregar, amor, já sou sua de corpo e alma. Disponha dos meus dias, das minhas noites e de mim como quiser.

— Cuidado, menina, tenho boa memória e vou cobrar isso sempre. E acho que vou começar agora.

Virginie puxou Léo para si e elas uniram-se num beijo de corpo inteiro. No dia seguinte não saíram de casa, tudo o que queriam estava naquele apartamento. Só saíram no sábado, para visitar Corine e Rosa, que ficaram exultantes com a novidade e contentes em vê-las tão felizes. Léo e Virginie conversaram e decidiram viajar para a Itália. Léo precisava terminar sua pesquisa e Virginie não estava disposta a se separar dela. Resolveram juntar o necessário ao agradável. Iriam de carro – quem dirigiria seria Léo, porque Virginie detestava guiar. Decidiram que iriam até Nice, de lá seguiriam pela costa e parariam em todas as cidades e praias bonitas da Itália. Depois ficariam o tempo que Léo precisasse em Roma e Nápoles.

Tudo decidido e planejado, partiram para a aventura. Pararam primeiro em Château-Chinon, para passar uns dias com Mr. Leblanc, que ficou contente em rever Léo. Ele nunca perguntou a ela por que havia ido embora daquela forma intempestiva, nem nunca questionou o fato de vê-las juntas pelo resto de sua vida. As duas sempre desconfiaram que ele sabia o que existia entre elas. Ele nunca mais perguntou se Virginie estava sozinha; deveria saber que não estava mais. Chérie ficou com ele durante a viagem. Apesar de achar que cachorro não era como gente, ela também era uma ótima companheira para Mr. Leblanc.

Durante a viagem descobriram que não conseguiriam mais viver separadas. Por isso, quando voltaram, Léo foi morar no apartamento com Virginie. As coisas que ela não pôde levar para lá, por falta de espaço, foram para a casa de Luiz e Ciça.

Seu irmão estranhou muito o fato de ela ir morar com Virginie, mas Ciça convenceu-o de que era melhor para Léo morar com alguém conhecido, pois assim, quando eles voltassem para o Brasil, ela não se sentiria tão só. Léo sabia que Ciça havia entendido que o que havia entre ela e Virginie era muito mais que amizade, mas nunca tocou no assunto. Ciça era uma mulher sem preconceitos, vivia a sua vida e respeitava o modo de viver de todos.

As notícias que chegavam do Brasil eram animadoras, e todos os brasileiros estavam na expectativa de poder voltar em breve. A censura caía e a opinião pública começava a mostrar que não estava mais satisfeita com o governo. A oposição ganhava cadeiras no Congresso, e o MDB, sigla criada pelo governo militar para acomodar toda a oposição, e que abrigava várias pessoas que pertenceram às diversas legendas de esquerda, havia ganhado as eleições legislativas nos principais estados, e a sociedade estava se mobilizando.

A vida foi seguindo seu ritmo normal e, aos poucos, Virginie foi entrando naquela família de brasileiros. Elas iam sempre visitar Thiérry, que começava a falar uma mistura de francês com português, uma língua própria, que ele mesmo inventara. Rosa e Corine transformaram-se nas melhores amigas das duas, e um ano se passou. Léo terminou sua tese, e com ela trouxe luz sobre a vida de uma maravilhosa artista, desprezada pelos livros de arte muito provavelmente por ser mulher. Ciça tinha planos de divulgar a história da pintora nas publicações de seu grupo feminista, além de se empenhar em juntar a maior quantidade de material possível sobre feminismo para levar para o Brasil.

Incentivada por Virginie, Léo, que nunca pensara em seguir carreira acadêmica, resolveu realizar seu sonho de divulgar a arte feita no Brasil. Começou por abrir uma pequena loja de arte brasileira no Quartier Latin e, aos poucos, foi entrando em contato com artistas brasileiros, que lhe enviavam suas obras, em consignação. Depois de um tempo, passou a patrocinar exposições desses artistas em Paris. Sua loja e as exposições começaram a fazer sucesso no meio artístico parisiense; todos se encantavam com a arte brasileira.

Por causa do sucesso, Léo teve de se mudar para uma loja maior, num outro endereço, e, apesar de agora estar atuando também como *marchand*, não deixou de pintar. Sua produção cresceu, fazendo com que as duas decidissem mudar de casa. Foram morar num apartamento maior e melhor, mas não deixaram o Jardin du Luxembourg, única exigência que Léo fez quando procuravam uma nova casa. O novo apartamento foi a alegria de Chérie, que agora tinha uma varanda e podia passar o dia olhando a rua pelas frestas das grades. Mas esse divertimento não substituíra seus passeios. Ela continuava latindo no final da tarde, exigindo seus direitos, tarefa que era executada por quem estava em casa naquela hora.

Virginie continuava com suas aulas e ajudava Ciça na tradução e organização dos textos feministas, usando o português que aos poucos aprendia na convivência com Léo e sua família.

O ano de 1979 começou com grandes esperanças para os brasileiros que viviam exilados e para os parentes dos presos políticos. O governo Figueiredo, depois de ter assistido e reprimido muitas passeatas, comícios e manifestações organizadas por mulheres que se uniram em torno do Movimento Feminino pela Anistia, assinou o que chamou de Anistia Ampla e Irrestrita.

A anistia que passou a vigorar não era tão ampla como se supunha e deixou muitos presos políticos de fora de seus benefícios, mas com sua assinatura dezenas de exilados viram chegar, da noite para o dia, a possibilidade de retornar para sua pátria. Léo ficou sabendo da ótima notícia por Virginie. Quando ela chegou em casa, numa sexta feira do final de agosto, entrou chamando por Léo:

– Amor, vem cá, tenho uma notícia maravilhosa para lhe dar.

– Se é maravilhosa, me conte logo – disse Léo, vindo de seu quarto-ateliê, com as roupas e as mãos sujas de tinta.

Léo beijou Virginie, que a enlaçou num abraço e falou, olhando em seus olhos:

– Não sei... Agora estou com medo da sua reação.

– Como assim? Você não disse que a notícia é maravilhosa? Fale logo, que estou curiosa.

– Eu estive com Ciça hoje à tarde, e ela me contou que a anistia foi assinada e agora eles vão poder voltar para o Brasil. E disse que pretendem ir embora o mais rápido possível.

– Mas isso é maravilhoso! Precisamos comemorar, dar uma grande festa!

– Ciça já está providenciando. Vai reunir todo mundo no domingo, em St-Denis.

– Estou tão contente, você não imagina o que isso significa. Precisamos brindar, vou pegar uma champanhe.

Léo saiu da sala radiante e trouxe uma garrafa e dois copos. Estourou-a e serviu as duas. Quando pegou seu copo e ia propor o brinde, reparou que Virginie estava triste:

– O que aconteceu, amor? Por que você está assim?

– Porque você vai me deixar.

– Vou deixá-la por quê? Vem cá, olhe para mim e me escute. Você é uma filósofa famosa, é uma mulher inteligente, mas às vezes reage como criança. Eu não sou exilada, você já se esqueceu?

Virginie agarrou-se a ela, falando:

– Eu morro se você me deixar.

– Eu nunca vou deixar você, eu juro. Agora tire essa nuvem de preocupação desses meus olhos negros, sorria e venha brindar.

Léo pegou o copo, passou para ela e, segurando o seu, brindou:

– À minha irmã Lúcia. Que ela, de onde estiver, saiba que sua morte não foi em vão. Nosso irmão e nossos amigos estão voltando para casa, vivos.

Depois do brinde, Léo agarrou-se a Virginie e chorou convulsivamente.

Domingo de festa em St-Denis, comida, música brasileira e muita alegria. Ciça e Luiz já sabiam que poderiam voltar, e haviam comprado passagem para dali a alguns dias. Não havia mais o que esperar, na realidade eles aguardavam por essa hora havia anos.

Todos os amigos estavam presentes, inclusive alguns latino-americanos que ainda não podiam voltar para seus países, mas que se uniam à alegria dos brasileiros, com a esperança de que um dia houvesse uma festa como aquela para eles. Os amigos franceses estavam um pouco tristes, pois durante os últimos anos todos haviam se acostumado a conviver com aqueles brasileiros barulhentos, espalhafatosos e alegres.

Léo estava na cozinha, preparando a famosa caipirinha, e da porta observava as pessoas no quintal. Via Virginie conversando, compenetrada, num grupo, Rosa e Corine rindo, animadas, de alguma coisa engraçada que Valérie contava. Monique andava pelo quintal jogando seu charme em cima de uma chilena, nova no grupo, que parecia estar bem interessada na conversa daquela francesinha. De repente, como que querendo participar da alegria também, a voz de Gal Costa sai do aparelho de som, cantando "Baby" novamente. O tempo passara, mas as mesmas músicas lindas continuavam sendo a trilha sonora daquelas vidas.

A música ecoava pelos quatros cantos. Gal pedia: "Você precisa saber de mim, baby, baby, I love you...". Léo saiu da cozinha, foi até Virginie e cantou ao seu ouvido "Baby, baby, *Je t'aime*". Virginie virou-se, olhou-a com aquele olhar quente das noites do deserto que Léo tanto conhecia, deu-lhe um suave beijo no rosto e disse em seu ouvido "Eu te amo".

A despedida no aeroporto Charles De Gaulle foi triste e alegre ao mesmo tempo. Triste porque Léo se separaria de seu irmão novamente, mas alegre porque o via, finalmente, feliz, voltando para casa e levando consigo Ciça e Thiérry, que talvez nunca mais se lembrasse daqueles anos em que foi francês. Os irmãos continuaram se falando sempre. Léo acompanhava a vida deles por telefone.

Luiz voltou com a família para Belo Horizonte, e Ciça começou a lecionar na universidade e a organizar o movimento feminista mineiro, que atormentava a vida daquelas antigas companheiras de Dona Emerenciana, que se autodenominavam representantes e defensoras da tradicional família mineira. Luiz também lecionava e, tempos depois, estava engajado num novo partido político de esquerda que ajudou a fundar. Entre seus planos futuros estava incluída a idéia de concorrer a uma vaga para a Câmara dos Deputados. Ele seguia por outros caminhos a tradição política dos Assis Linhares.

Os anos foram passando, Léo e Virginie viajavam sempre para o Brasil, mas Léo nunca pensou em voltar definitivamente. Nada no mundo a faria viver longe de sua amada Paris.

Existem diversas formas de amadurecer. Elas não precisam ser doloridas, tampouco trágicas. Na verdade, para a maioria dos jovens, essa fase passa até despercebida. Mas no fim dos anos 1960, no Brasil, alguns jovens se descobriram adultos antes do tempo. O país viveu "anos de chumbo" trazidos pela ditadura militar. Muitos jovens engajaram-se em lutas políticas contra o sistema, outros saíram em busca de paz e amor. Léo, jovem bonita da elite mineira, descobria nessa mesma época a sua homossexualidade e, apesar de não ter seguido o caminho da militância política, nem o caminho de uma vida alternativa, viveu as conseqüências dos dois. O caminho seguido por ela também não foi fácil, mas hoje vive a vida que escolheu para si e participa como os outros do seu tempo, mostrando e defendendo a arte de seu país no exterior.

Existem muitos lugares em que podemos encontrá-la, mas, se não quisermos errar, é mais fácil procurá-la no Jardin du Luxembourg, em Paris. Com certeza, nos domingos de primavera, a encontraremos sentada num de seus bancos pintando num cavalete colocado a sua frente. Entre seus cabelos louros já podemos perceber alguns fios brancos, mas não há como errar. Com certeza, ao seu lado estará sentada uma mulher de óculos, muito bonita e charmosa, lendo um livro. Ao lado delas, uma cachorrinha, que infelizmente hoje não se chama Chérie, mas também é uma poodle pequena e preta, e chama-se Baby.

Sous le ciel de Paris

"Sous le ciel de Paris (...)
Marchent des amoureux
Hum Hum
Leur bonheur se construit
Sur un air fait pour eux. (...)
Et le ciel de Paris
A son secret pour lui
Depuis vingt siècles il est épris
De notre Ile Saint Louis
Quand elle lui sourit
Il met son habit bleu
Hum Hum
Quand il pleut sur Paris
C'est qu'il est malheureux
Quand il est trop jaloux
De ses millions d'amants
Hum Hum
Il fait gronder sur nous
son tonnerr' éclatant
Mais le ciel de Paris
N'est pas longtemps cruel
Hum Hum
Pour se fair' pardonner
Il offre un arc en ciel"

(J. Dréjac, H. Giraud)

Sobre a autora

BERTHA SOLARES nasceu na capital paulista. É historiadora, professora universitária e feminista. Sempre esteve entre suas principais preocupações dar voz às mulheres, tirando-as dos bastidores e fazendo-as sujeitos da história. Este é o seu segundo romance – publicou em 2001 o livro *Um ano, dois verões*, também pela Editora Brasiliense.

E-mails para a autora podem ser enviados para o endereço bsolares@bol.com.br